당시 사계

唐詩 四季

봄을 노래하다

당시 사계

唐詩 四季

봄을 노래하다

春

삼호고전연구회 편역

 도서출판 수류화개

차례

머리말

3월 초순이다. 벌써 봄기운이 완연하다. 이 따뜻해진 날씨를 음미하려는 순간 찬바람이 목둘레를 지나간다. 봄이 온다는 것이 그렇게 녹록치는 않은 모양이다. 간간이 부고가 날아든다. 새로운 생명이 움튼다는 이 시기에. 이렇게 상반된 것들이 뒤섞인 가운데 봄은 알지도 못하는 사이에 조금씩 다가오고 있다.

봄은 언제 어디서부터 오는 것일까? 음력 1월이 되면? 양력 3월이 되면? 겨우내 건조하다가 비 소식이 잦아지면서 주위에 옅은 연둣빛이 떠오르면? 얼었던 시냇물이 다시 흐르는 영상이 매체에서 자주 보이면? 또 봄이 온다는 것은 사람에게 어떤 의미가 있는가? 새로운 계절의 순환과 함께 다시 한 번 마음을 다잡는 계기로 삼을 수도 있을 것이고 꽃소식과 함께 삶의 희망을 떠올려 볼 수 있는 기회가 될 수도 있을 것이다.

시간을 거슬러 중국 당나라 때로 가보자. 지금과는 상당히 다른 환경이겠지만 봄소식의 내용은 별반 다르지 않을 것이라 생각한다. 다채로운 빛깔의 꽃은 꽃대로 푸른 새싹은 새싹대로 봄의 도래를 알렸을 것이다. 그리고 당나라 사람도 우리와 다를 바 없이 자연이 드러내 보여주는 다양한 현상들을 통해서 봄이 왔음을 알았을 것이다.

그런데 당나라 시인도 다른 사람들과 같은 방식으로 봄을 느꼈을까? 당나라 문화는 중국 역사에서도 찾아보기 힘든 다양한 모습을 띠고 있다. 명나라 초의 시인 고병高棅이 당나라 시를 분류하면서 초당初唐 성당盛唐 중당中唐 만당晚唐의 네 시기로 구분한 것에서 단적으로 당나라 문화의 다양성을 엿볼 수 있다. 오랫동안 혼란스러웠던 위진남북조 시기를 이어 수당 대제국이 들어섰다. 통일 이후, 사회의 안정과 발전과 함께 인간의 역량에 대한 긍정이 고조되면서 거대함, 광활함, 역동성, 외향성과 같은 것을 추구하는 전통적 미의식이 현종 대에 이르기까지 최대한으로 발휘되었다. 초당과 성당 시기의 작품에서 그 면모를 여실히 살펴볼 수 있다. 낭만을 추구하고 삶의 기쁨과 즐거움으로 흘러넘친다.

하지만 이러한 양상은 중당 시기를 경계로 다른 모습을 보인다. 이 시기에 일어난 변화는 중국문화사에서 근본적인 전환을 초래했다. 저명한 역사학자 진인각陳寅恪의 말을 빌리자면 중당 시기는 당나라의 중간일 뿐 아니라 중국 전체 역사의 중간이며 모든 분야에 걸쳐 일어난 현상이므로 문화 특히 예술도 예외가 될 수는 없다. 현종 대에 발발한 안사의 난은 한나라 이후 오랜 기간에 걸쳐 형성되어 자리 잡은 사회체제 전반을 붕괴시켰고 이에 따른 불안과 동요가 심화되었다. 따라서 이 시기의 시에는 현실 생활 속에서 일어나는 작은 일들과 그 변화에 대한 관심, 삶 속에서 경험하는 고통과 같은 요소들이 작가의 미적 관조와 결합되어 표현되었다. 외부 세계를 향한 시선이 내면으로 향하고 큰 것을 지향하던 열망은 작은 것에 대한 애호로 전환되었다. 관심의 초점이 국가나 사회와 같은 공적인 세계가 아니라 자신을 포함한 사람과 그 주변에서 일어나는 일들로 모아졌다.

이러한 변화 과정 속에서 중국 사회에서 우선권을 가지고 사람을 속박하는, 기존의 사회적 가치들을 대신하여 사람 중심의 새로운 가치를 모색하고 정립해 갔다. 가치와 의미는 자아 외부에서 자신과 관계없이 성립되는 것이 아니라 직접 참여하고 체험하여 만들어내는 것이 되었다. 사회성이 강조된 자아가 아니라 능동적 마음을 지닌 자아가 더 중요해진 것이다.

현대중국의 저명한 문인 문일다聞一多는 당나라를 "시의 나라[詩國]"라고 불렀다. 시를 당나라의 전유물로 칭송해준 말이다. 당나라 시인들은 시를 통해 생각하고, 시를 통해 말하고, 시를 통해 생활했다. 몸이 시와 하나가 되어야만 가능한 일이다. 현대인도 당나라 시인처럼 일상을 한 편 한 편의 시로 생각하고 말하고 생활한다면 얼마나 여유로운 삶이 될까? 바로 이 부분이 지금도 당시를 읽어야 하는 이유이다.

예민한 감수성을 지닌 당나라 시인들은 문화의 다양성과 시대의 변화에 따른 변화를 내재화하고 그들이 지닌 독특한 감각과 재능을 다섯 글자, 일곱 글자를 통해 표현했다. 봄은 외부 자연환경의 변화에 의해서 비로소 그들에게 느껴지는 것이 아니다. 그들은 자연의 변화에 따라 찾아오는 그런 봄에 앞서서 적극적으로 마음속의 봄을 찾아 나섰다. 그렇기 때문에 봄은 시인마다 다른 모습으로 형상화되며 그 형상 속에서 자신만의 의미를 갖는다.

이제 당나라 시인들이 찾고자한 봄의 형상과 의미를 찾아 봄놀이를 떠나보자. 그리고 우리도 자신만의 봄을 느끼고 그 의미를 찾아보자. 바깥에서 오는 봄이 아니라 내면에서 피어나는 봄을.

부천 무아재無我齋에서
서진희 씀

11

봄비에 풀빛 보일듯 말듯 하네

절구
絶句

두보杜甫

길어진 해에 강과 산은 아름답고
봄바람에 꽃과 풀은 향기롭네.
언 땅 녹으니 제비 날아 다니고
따스한 모래밭에 원앙 잠들었네.

遲日¹江山麗, 春風花草香.
泥融²飛燕子, 沙暖睡鴛鴦.

---

1 지일: 봄날 해가 점차 길어지는 것을 일컫는다. 《시경》〈빈풍豳風 칠월七月〉 "봄날
　더디고 더디네.[春日遲遲]"에서 왔다.
2 니융: 겨우내 언 진흙이 녹아 축축하게 젖어있는 상태를 말한다.

봄이 되어 해가 길어지자
초당 주위의 강과 산은 한결 아름다워 보이고,
또 봄바람이 불어 꽃과 풀도 향기롭다.
가까이 물가에는 얼음이 녹아
진흙 펄에 벌레들이 꿈틀거리기 시작한다.
이를 알고 왔을까?
어느새 남쪽에서 돌아온 제비들은
먹이를 잡고 둥지를 짓느라 바쁘게 날아다닌다.
또 햇살 받아 따스해진 강가모래톱에는
원앙새 한 쌍이 한가롭게 잠들어 있다.

❋ 감상

이 시는 두보가 숱한 곤경을 겪고 성도成都 초당草堂에 안착한 다음 완화계浣花溪 일대의 선명하고 아름다운 경치를 보고 지은 5언절구 두 수 가운데 첫 번째 수이다. 심리적 안정을 찾은 두보가 초봄의 자연사물에 대해 느끼는 희열감도 남다르다.

청대 시론가 도우개陶虞開는《설두說杜》에서 두보시집에는 시에 화법畫法을 집어넣는 '이시위화以詩爲畫'의 작품이 많다고 평했다. 이 작품도 그 가운데 하나이다.

〈원앙유영도鴛鴦遊泳圖〉, 조선朝鮮 미상

이 시에서 1·2구는 조필(粗筆: 대략적인 윤곽)을, 3·4구는 공필(工筆: 구체적인 경물묘사)을 사용했으며, 또 3구의 경물景物은 동태적이고 4구는 정태적이다. 이처럼 전체 시는 대구와 경물묘사에 세심한 배려를 하였지만, 조탁한 흔적을 남기지 않아 독특한 풍격을 갖춘 작품으로 평가받는다.

한편 이 시는 경물을 읊은 사경시寫景詩로 경물묘사 속에 작자의 감정을 기탁하고 있다. 따라서 독자들이 각각의 경물을 통해 행간에 녹아있는 작자의 감정을 읽어낸다면 이 시를 읽는 맛이 배가 될 것이다.

✽ 작자 소개

두보

두보杜甫(712－770)는, 자字는 자미子美, 호號는 소릉少陵이다. 중국 최고의 시인으로 '시성詩聖'이라 불린다. 이백李白과 병칭하여 '이두李杜'라고도 일컫는다.

뛰어난 문장력과 사회상을 반영한 두보의 시는 후세에 시로 표현된 역사라는 뜻으로 '시사詩史'라고 불린다.

소년 시절부터 시를 잘 지었으나 과거에는 급제하지 못해 각지를 방랑하며 지냈고, 그 과정에서 이백·고적高適 등과 교유交遊하였다. 그의 시는 사회 현실에 대한 격렬한 분노, 인간에 대한 한결같은 애정과 진심이 잘 나타나 있다. 근체시의 모범이 되는 율시律詩와 시대적 아픔을 담은 약 1,500여 수의 시를 남겼다.

이른 봄 수부원외랑 장십팔에게 써주다
早春呈¹水部張十八員外²

한유韓愈

가랑비 장안거리를 촉촉히 적시니
풀빛이 멀리서는 보이나 다가가니 자취없네.
일 년 중 봄하고도 가장 좋은 이 때
버들솜 흩날리는 장안의 늦봄보다 낫다네.

天街小雨潤如酥³, 草色遙看近却無.
最是一年春好處, 絶勝煙柳滿皇都.

1 정: 공경하게 보내다.
2 수부장십팔원외: 장적張籍(766−830). 당나라 사람이며, 동족 형제 가운데 배행
  이 18번째로 수부원외랑을 맡았다.
3 윤여소: 보드랍고 매끄러운 것이 연유와 같다는 뜻이다. 소酥는 동물의 지방인데,
  여기서는 봄비의 부드럽고 매끄러움을 형용한다.

수도 장안의 대로에 가는 봄비가 보드랍게 내리는데,
이 봄비 사이로 보니 어느새 돋았는지
풀빛이 저 멀리 푸르스름하게 보인다.
반가워 가까이 다가가 보니 보이지 않아
몇 번이고 주위를 살펴본다.
이런 풍광은 일 년 중 봄이 가장 좋을 때의 경치로
늦봄에 안개처럼 흩날리는 버들솜이
수도 장안을 덮는 때와는 비교할 수 없이 좋다.

❀ 감상

　이른 봄 있는 듯 없는 듯 옅은 색채를 어떻게 표현할까? 분명 세심한 관찰력이나 뛰어난 시적 표현력이 없으면 쉽지 않은 일이다. 엄동설한은 지났지만 아직 겨울 여파가 남아있을 때, 시인은 우연히 눈에 들어온 풀빛을 보고 놀라움과 기쁨을 느낀다. 시인은 아주 작은 싹에도 봄의 생기를 느낀다. 화가라도 쉽게 표현하지 못하는 담담한 이 빛을 시인은 물감도 없이 몇 마디 담백한 언어로 있는 듯 없는 듯 지극히 표현하기 어려운 색채를 표현해낸다.

　이 시는 평담平淡해 보이지만 실제 평담하지 않다. 간교한 기교를 지극히 추구하여 괴이하게 변해, 종종 평담함에 이르렀다. 한유는 〈범양으로 돌아가는 무본 스님을 전송하며[送無本師歸範陽]〉에서 "기교를 끝까지 추구하다가 괴이하게 변해서 종종 평담함에 이르기도 했다.[艱窮怪變得, 往往造平淡]"고 했고, 소식은 평담이 현란함의 극치라고 했다.

🌸 작자 소개

한유

한유韓愈(768-824)는 하남河南 하양河陽(지금의 하남성 맹주시孟州市)사람으로, 자는 퇴지退之이다. 어려서 부모를 잃고 형수 손에 자랐다. 공부에 힘써 진사과進士科에 급제한 이후, 강직한 성격과 신념 때문에 당 헌종憲宗과 대신들의 미움을 사서 많은 좌절을 겪었으나 자신의 주장과 신념을 끝까지 바꾸지 않았다.

한유의 가장 큰 업적이라면 사상적으로 도통론道統論을 통해 도가와 불교를 배척하여 유가의 정통성을 회복하고, 내용과 형식이 일치하는 고문으로 자신의 생각을 표현하는 노력을 지속했다는 점을 들 수 있다. 한유가 당시 유행하던 내용 없이 화려하기만 한 변려문을 반대하고 고문으로 문장을 짓자 많은 사람들의 지지를 받으며 문학운동으로 발전하였다. 이런 이유로 한유는 당대 고문운동의 제창자이며 후대에 당송팔대가의 영수로 받들어진다. 그의 시는 문장으로 시를 짓는, '이문위시以文爲詩'의 특징을 지녀 산문적인 느낌을 준다.

버드나무를 노래하다
詠柳

하지장賀知章

온통 벽옥으로 치장한 저 버드나무
만 가닥 푸른 비단실 드리웠네.
가느다란 잎 누가 재단했을까?
이월 봄바람이 싹둑싹둑 오려 놓았네.

碧玉妝成一樹高, 萬條垂下綠絲條?.
不知細葉誰裁出, 二月春風似剪刀.

가녀린 어린 소녀의 몸매처럼
버드나무의 가지는 수많은 가지가 바람에 나부낀다.
봄기운을 머금고 신록으로 물오른 잎은 또 어떤가?
이런 봄날에만 느낄 수 있는 매혹적인 경치는
과연 누가 만들어낸 것일까?
맹춘의 봄바람이 가위질하여 만들어 낸 것이리라.

🌸 감상

중국 고전시가에서 버드나무로 미인을 묘사하는 시구는 많지만, 미인으로 버드나무를 묘사한 것은 시인의 독창적인 상상이다.

1구에서 시인은 벽옥으로 봄의 생기발랄함을 묘사하고 있다. 벽옥은 중국 고전시문에서 주로 16세 무렵의 어린 소녀를 말한다. 초봄의 버드나무를 소녀에 비유하여 묘사하고 있다.

전체 시에서 봄바람은 가위를 든 조물주가 되어 봄의 온갖 경물을 만들어낸다. 이런 시인에게 자연은 아름다움을 만들어 내는 조물주라고 할 수 있다. 그야말로 소식蘇軾의 〈적벽부赤壁賦〉에 나오는 "조물주의 무궁한 곳간[造物者之無盡藏]"이다.

〈유하기마도柳下騎馬圖〉,
조선朝鮮 정선鄭敾

🌸 작자 소개

하지장

하지장賀知章(659?−744?)은 시인이면서 서법에 뛰어났다. 사람됨이 활달하고 구애됨이 없으며, 술을 좋아하여 '청담풍류淸談風流'라는 호칭이 있다. 장약허張若虛, 장욱張旭, 포융包融과 함께 "오중사사吳中四士"라 불리며, 이백李白, 이적지李適之 등과 함께 "음중팔선飮中八仙"이라 불린다. 그는 절구絶句를 잘 지었으며, 풍격은 참신하고 소탈하다. 대부분의 작품이 없어지고《전당시全唐詩》에 19수만 전한다.

봄에 전당호를 거닐다

錢塘湖[1]春行

백거이白居易

고산사 북쪽을 끼고 가정賈亭 서쪽을 걸으니
수면은 그득하고 구름은 낮게 드리웠다.
몇 마리 꾀꼬리 양지바른 나무에 다투어 깃들고
어느 집 처마 제비는 봄 진흙을 물어오네.
이곳저곳 피는 꽃에 점점 눈부시고
막 돋아난 풀이 말발굽을 덮었네.
호수 동쪽을 가장 아껴 아무리 다녀도 질리지 않고
푸른 버드나무 그늘 속에 흰 모래둑.

孤山寺[2]北賈亭[3]西, 水面初平雲脚低. 幾處早鶯爭暖樹, 誰家新燕啄春泥.
亂花漸欲迷人眼, 淺草纔能沒馬蹄. 最愛湖東行不足, 綠楊陰裏白沙提[4].

1 전당호: 현재 중국 절강성 항주시 내의 서호西湖를 가리킨다.
2 고산사: 남북조시기 진陳 문제文帝(522－565) 때 세워졌다. 고산孤山은 서호의
   내호와 외호 사이에 위치하고 있는데 다른 산과 이어져 있지 않고 서호 내부에 있
   다고 해서 고산이라 불렸다 한다.
3 가정: 가공정賈公亭이라고도 부른다. 서호 명승 가운데 하나로 당조唐朝 가전賈
   全이 세웠다.

고산사 북쪽, 가정 서쪽의 서호를 봄 햇살에 거닌다.

물은 불어 그득해져 호수 주변을 비추고 구름은 낮게 드리웠다.

아직 이른 봄이라 꾀꼬리소리 어디선가 들리니

양지바른 나무에 둥지를 틀려는 모양이고,

때 이른 제비 바삐 날아다니는 걸 보니

어느 집 처마에 안식처를 만들려는 것 같다.

서호가에 난들풀이 앞 다투어 꽃 피우기 시작하니 눈부시고

봄풀은 이제 나기 시작한 것 같은데 벌써 말발굽을 덮었다.

서호 동쪽을 이렇게 느리게 걸으며 봄을 음미하는 일은

내가 가장 좋아해 다녀도 다녀도 질리지 않는다.

푸르게 물오른 버드나무 그늘 속에

흰 백사장 위로 난 둑길이 선연하다.

4 백사제: 지금의 백제白堤로서 사제沙堤 혹은 단교제斷橋堤라고도 부른다. 서호 동쪽에 당唐 이전부터 존재했다. 백거이가 항주자사로 부임하여 만든 백제는 전 당문錢塘門 밖에 따로 있다.

🌸 감상

이 시는 장경長慶 3년이나 4년(823 – 824) 봄 백거이가 항주자사로 있을 때 지어졌다. 봄은 시작하는 신호도 기준도 없다. 자연의 법칙에 따라 일정한 황도와 궤도 위에 놓이면 봄은 시작되는 것이다. 이런 봄의 시작을 찾아가는 시인은 이런 사실을 모를까? 당연히 잘 알고 있다. 단지 그 출발선을 누구보다 빨리 발견하고자 할 뿐이다.

이제 막 뚜껑을 연 봄을 한시라도 놓치고 싶지 않은 작자의 심정을 읊고 있다. '이른 꾀꼬리', '새로 날아온 제비', '이리저리 피기 시작하는 꽃', '연한 색 풀' 등의 시어가 시인의 마음을 잘 표현하고 있다.

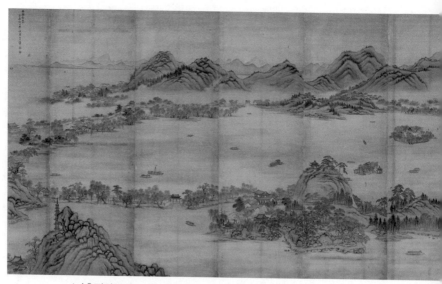

〈서호전경도병西湖全景圖屛〉, 청淸 주상문周尚文

중국에서는 12월에 피는 매화를 납매臘梅라고 하는데, 그 향이 우리나라의 매화와 달리 매우 진하다. 납매향 진한 서호의 이른 봄을 상상해보면 백거이의 이 시를 조금 더 잘 이해할 수 있을 것이다.

제 2 장 만남

강둑에 꽃이 피니 온갖 상념 떨칠 수 없네

봄날 새벽
春曉

🦋 맹호연孟浩然

봄날 새벽잠에 동트는 줄 몰랐더니
곳곳에 새 울음소리 들리네.
밤사이 비바람 소리 들렸는데
꽃이 얼마나 떨어졌는지 모르겠네.

春眠不覺曉[1], 處處聞啼鳥.
夜來風雨聲, 花落知多少[2].

1 불각효: 부지불식간에 하늘이 밝아지는 것이다.
2 지다소: 얼마나 떨어졌는지 모르는 것이다. 지知는 모른다[不知는 뜻으로 추측을
   나타낸다.

시인은 봄에 아침이 오는 줄도 모르고
깊이 잠이 들었다가 새소리에 잠이 깬다.
잠결에 비바람 소리 들은 것 같았는데
바깥에 봄꽃은 얼마나 떨어졌을까?

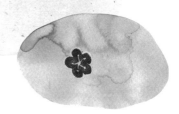

🌸 감상

이 시는 봄날 아침 잠을 깨었을 때 바깥에서 들려오는 봄의 소리와 생기를 묘사한 절창絶唱이다. 시인은 봄의 색이나 향기를 묘사하지 않고 청각에만 기대어 봄의 소리를 묘사한다. 방안에서 듣는 새소리와 비바람 소리만으로 무한한 봄경치를 드러내고 독자들을 광활한 대자연으로 이끈다.

송대 시인 엽소옹葉紹翁은 〈정원에 갔다가 만나지 못하고[遊園不值]〉에서 "정원에 가득한 봄빛을 가둘 수 없어 붉은 살구꽃 한 가지 담장 밖으로 삐죽 나왔네."라고 하였는데, 시의 창작방법에서 〈춘효〉와 공통점이 있다. 엽소옹의 시는 시각적 이미지를 통하여 담장 밖으로 나온 살구꽃가지로부터 독자를 담장 안으로 이끌고 담장 안을 상상하게 만든다. 반면 맹호연의 시는 청각적 이미지를 통해 간간이 들리는 봄소리로부터 독자를 방 바깥으로 데리고 나가 바깥을 상상하게 만든다. 두 시는 모두 넘쳐흐르는 봄기운을 표현하고 있다. 특히 〈춘효〉는 시간의 도약, 흐린 날씨에서 맑은 날씨로 교체, 감정의 미묘한 변화를 잘 표현하고 있다.

언어는 평이하면서도 알기 쉽고 자연스러워 조금의 조탁한 흔적도 찾을 수 없다. 육유陸遊의 〈문장文章〉이라는 시에서 말한 "문장은 본래 자연스럽게 만들어지니 뛰어난 사람이 우연히 얻네.[文章本天成, 妙手偶得之]"에 해당한다.

나막신에 푸른 이끼 상할까봐   應憐屐齒印蒼苔,

조용히 사립문 두드려도 열어주지 않았네.   小扣柴扉久不開.

정원에 가득한 봄빛을 가둘 수 없어   春色滿園關不住,

붉은 살구꽃 한 가지 담장 밖으로 삐죽 나왔네.   一枝紅杏出墻來.

— 엽소옹, 〈정원에 갔다가 만나지 못하고〉

❀ 작자 소개

맹호연

맹호연孟浩然(689-740)은 양주襄州 양상襄陽(지금의 호북성湖北省 양양) 사람으로, 이름은 호浩, 호연은 자이다. 산수전원파山水田園派 시인으로 유명하다. 어려서 세상을 다스리는 데 뜻을 두어 학문에 전념하다가, 40세에 장안長安으로 가서 과거에 응시하지만 낙방하여 고향으로 돌아와 은둔생활을 하였다. 개원 25년(737)에 재상宰相 장구령張九齡의 부탁으로 잠시 그의 밑에서 일한 것 이외에는 관직에 오르지 못하고 불우한 일생을 지냈다. 맹호연의 시는 대부분 5언시로 되어 있다. 산수전원과 은거의 흥취 및 오랜 기간 타향을 떠돌며 느낀 감회를 표현한 시를 많이 썼다. 특히 그의 시는 독특한 예술적 경지에 이르러 왕유와 함께 왕맹王孟이라 불린다. 《맹호연집》 3권이 전한다.

봄밤에 내리는 반가운 비

春夜喜雨

🦋 두보杜甫

좋은 비 시절을 알아

봄에 와서는 만물을 생장시키네.

봄바람 따라 몰래 밤으로 들어와

소리도 없이 만물을 적시네.

들길과 구름 모두 칠흙 같은데

강배에 등불만 홀로 밝네.

새벽에 빗물 머금은 꽃떨기 보니

금관성 가득 핀 꽃도 흠뻑 젖었겠지.

好雨知時節, 當春乃發生. 隨風潛入夜, 潤物細無聲.

野徑[1]雲俱黑, 江船火獨明. 曉看紅濕處[2], 花重[3]錦官城[4].

1 야경: 논밭과 들판에 난 작은 길이다.
2 홍습처: 빗물에 흥건히 젖은 꽃떨기이다.
3 화중: 꽃이 빗물을 잔뜩 머금어 축축하게 젖은 것을 말한다.
4 금관성: 지금의 성도시成都市 남쪽에 옛터가 있으며 금성錦城이라고도 한다. 삼
  국 촉한 때 비단 짜는 일을 담당한 관리가 여기에 머물러 이렇게 부른다.

좋은 비는 때를 알고는 봄에 내리며
만물을 생장하게 한다.
온화한 바람을 따라 몰래 밤의 장막 안으로 들어와서는
알아주기를 바라지 않는 군자처럼
대지 위의 만물을 촉촉이 적셔준다.
비가 소리 없이 내려 혹시 이 비가 금방 그칠까
아니 벌써 그쳤나 하는 염려도 든다.
기쁜 마음에 대문을 나와 바라보니
하늘도 들길도 온통 참참하고
배 위의 등불만 밤을 지키고 있다.
내일 아침 비에 젖어 붉게 물든 곳을 보면
아마도 꽃이 성도成都 전체를 환하게 밝힐 것이다.

🌸 감상

봄비가 내린 후 이튿날 아침 집앞 뜰에 나가보면 어제까지 보이지 않던 싹이 이곳저곳 고개를 내밀고 있는 광경을 보게 된다. 그래서 봄비는 무형을 유형으로 바꾸어주는 마법사와 같은 존재이다. 이런 구체적 현상에 민감한 시인이랴?

제목에서 '반갑다[喜]'는 말은 시 본문 속에서는 쓰이지 않았지만 자간의 의미에서 독자는 충분히 반가운 느낌을 가진다. 시인은 세상을 적셔줄 봄비를 기다리다가 마침내 비가 내리자 매우 반가워한다. 그래서 귀 기울여 들어보니 부슬부슬 내리는 비가 만물을 윤택하게 해준다. 기쁜 마음에 잠 못 드는 시인은 문을 나가 사방을 바라본다. 하늘의 구름과 들길, 강도 온통 칠흙처럼 어두운데 강 위에 떠있는 배의 등불만 밝게 보인다. 이런 가운데 시인은 아침에 날이 밝아 성도가 온통 비를 맞아 붉게 물든 광경을 상상하며 기쁨에 겨워한다.

이 시는 전체적으로 비를 의인화하여 봄비의 고상한 품격을 묘사했다. 이것은 시인이 꿈꾸는 인격상이기도 하다.

〈강상야박도江上夜泊圖〉, 조선朝鮮 심사정沈師正

춘유곡
春遊曲

왕애王涯

수많은 강가의 살구나무
하룻밤 봄바람에 꽃 피었네.
강가 온 숲에 진하고 연한 꽃빛이
푸른 물결 위로 비추네.

萬樹江邊杏, 新開一夜風.
滿園深淺色[1], 照在綠波[2]中.

1 심천색: 꽃이 피어 울긋불긋한 모양을 말한다.
2 녹파: 화초에 푸른 새싹이 돋아나 하늘거리는 것이 마치 물결같이 보이기에 '푸른
　물결[綠波]'이라고 표현했다.

시냇가를 따라 수없이 늘어선 살구나무 숲에
하룻밤 봄바람 불어 살구꽃이 활짝 피었다.
땅 위를 가득채운 분홍빛은
흘러넘쳐 수면마저 물들여
온 세상이 분홍빛으로 물드네.

🌸 감상

  봄의 향연이다. 하룻밤 사이에 봄바람 불어 온 강가에 심어놓은 살구나무에 꽃이 핀 광경을 상상해보라. 또 그 분홍빛 꽃빛이 거울 같은 수면에 반사되어 일으키는 착시현상은 몇 배, 몇 십배로 확장된다. 이런 경치의 한 가운데서 시인은 무아지경에 빠져있다.

〈도원춘색桃源春色〉, 조선朝鮮 원명유元命維

한편 살구꽃이 하룻밤 사이에 피어 세상을 바꿔놓은 시구는 잠삼 岑參의 시 〈눈 내리는 가운데 장안으로 돌아가는 무판관을 노래로 배웅하다[白雪歌送武判官歸京]〉에 나오는 구절을 연상시킨다. "북풍이 땅을 말아 온갖 풀 꺾이고 변방 8월에 눈이 날리니, 갑자기 하룻밤 봄바람 불어 천 그루 만 그루 배꽃이 핀 것 같네.[北風卷地白草折, 胡天八月即飛雪. 忽如一夜春風來, 千樹萬樹梨花開]"

❀ 작자 소개

왕애王涯(764-835)는 산서山西 태원太原 사람으로, 자字는 광진廣津이다. 박학하며 문장에 뛰어났다. 양숙梁肅이 왕애의 재능을 특별하게 생각하여 육지陸贄에게 추천했다. 관직에 있으면서 백성에게 각박하게 대했고, "감로의 변[甘露之變]*"이 일어났을 때 금군에 잡혀 자성子城 서남쪽 모퉁이 버드나무 아래에서 요참腰斬 당했다.

---

* 감로의 변: 당 태화太和 9년(835)에 당 문종이 이훈李訓·정주鄭注 등과 환관을 제거하고 황권을 되찾으려고 한 사건이다. 하늘에서 감로甘露가 내렸다는 구실로 환관의 수장인 구사량仇士良을 제거하려고 하였으나 계획이 누설되어 오히려 이훈·정주 등 수백 명이 환관들에 의하여 살해되고, 목종은 감옥에 갇혔다.

새 우는 시내
鳥鳴澗

왕유王維

인적 한가하니 계수나무 꽃 떨어지는 소리 들리고
산은 텅 비어 밤이 더욱 고요하네.
달 떠오르자 산새도 놀란 듯
때로 시냇가에서 우네.

人閑桂花落, 夜靜春山空.
月出驚山鳥, 時鳴春澗中.

산속에 있는 시인의 마음은 한가하여
미미한 꽃잎 떨어지는 소리마저 들리는 찰나,
밤의 고요함과 봄 산의 조용함을 느낀다.
이런 고요함과 한적함에 익숙한 새는 달이 떠올라
산골짝이 은빛으로 물들이는 속에도 놀란다.
하지만 이들은 시냇가를 떠나지 않고
가끔 울기만 할뿐 봄기운에 도취되어 있다.

❀ 감상

　북송北宋의 소식蘇軾은 〈승천사에서 밤에 거닐며[記承天寺夜遊]〉에서는 "어느 밤엔들 달이 없겠으며, 어느 곳인들 대나무 측백나무가 없겠는가마는, 우리 두 사람처럼 한가한 사람이 드물 뿐이네.[何夜無月, 何處無竹柏, 但少閑人如吾兩人者耳]"라고 하여 시인의 내면이 한적해진 상태에서 자연의 미를 감상할 수 있다고 했다.

　〈새 우는 시내〉에서도 왕유의 한가로운[閑] 심적 상태로 인해 계수나무 꽃 떨어지는 것, 봄 산의 그윽한 정취, 상쾌한 새 울음소리의 조용한 즐거움을 느낄 수 있다.

　왕유는 고요한 의경意境*을 만들기를 좋아한다. 〈새 우는 시내〉도 표면적으로는 꽃잎 떨어지는 것, 달 떠오른 것, 새 우는 것 등 동적인 경물을 묘사하여 생기 넘쳐 보이지만, 이 움직임을 통해 봄 시냇가의 고요함을 나타내는 데에 그 주안점이 있다. 따라서 이런 동적인 이미지들은 고요함을 두드러지게 하는 효과가 있다.

　사물의 서로 대립된 성향이 각각 분리된 것이 아니라 서로 보완적 순환적 성격을 가지고 있으며, 이런 동적인 이미지가 효과를 거두는 데는 정적인 배경을 전제로 하기 때문이라는 역설이 작용하고 있다.

---

* 의경: 중국 전통 문예 이론이다. 작자의 주관적 사상과 감정이 객관적인 사물이나 대상을 만나 생기는 의미 또는 형상을 뜻한다. 회화적 묘사, 풍부한 의미를 지니고 있어 연상과 상상을 유발시켜 풍부한 예술적 세계로 이끈다.

✿ 작자 소개

왕유

왕유王維(701?-761)는 하동河東 포주蒲州(지금의 산서성 운성運城) 사람이다. 뛰어난 시인이며 화가이고 자는 마힐摩詰이다. 당 숙종 건원乾元 연간에 상서우승尙書右丞을 맡았기 때문에 '왕우승王右丞'이라고도 한다. 왕유는 참선參禪과 불교교리를 깨우치고 장자莊子를 배워 문학 속에 투영시켰다.

시詩, 서書, 화畵, 음악에 정통하였는데 특히 5언시에 뛰어났다. 산수전원에 대한 시를 많이 써서 맹호연孟浩然과 함께 '왕맹王孟'이라 불리며, '시불詩佛'이라는 호칭도 있다. 서화는 특히 신묘한 경지에 들어 남종산수화南宗山水畵의 시조로 추존된다. 송대의 대문호 소식은 "마힐의 시를 음미하면 시 속에 그림이 있고, 마힐의 그림을 감상하면 그림 속에 시가 있다.[味摩詰之詩, 詩中有畵. 觀摩詰之畵, 畵中有詩]"고 칭찬했다. 지금 400여 수의 시가 전한다.

봄눈

春雪

한유韓愈

정월이 되어도 꽃이라곤 찾아볼 수 없었는데
이월에야 싹이 난 것을 보니 몹시 반갑네.
흰 눈이 오히려 더딘 봄 싫어하여
일부러 뜰 나무 사이로 꽃이 되어 흩날리네.

新年[1]都未有芳華[2], 二月初驚見草芽.
白雪却嫌春色晚, 故穿庭樹作飛花.

1 신년: 음력 정월 초하루를 말한다.
2 방화: 보통 향기나는 꽃송이를 가리킨다.

새해 정월 초하루인데도 눈 씻고 봐도
꽃이 핀 것을 찾을 수가 없어 조급하게 봄을 기다렸는데,
이월이 되어서야 싹이 튼 것을 보고 놀란다.
흰 눈도 조급한 내 마음을 아는 듯
봄이 더디 오는 것을 싫어하여
정원 나무 사이로 꽃잎처럼 흩날린다.

❀ 감상

원화元和 10년(815)에 지은 시이다. 당시 한유는 조정에서 사관수찬史官修撰과 지제고知制誥를 맡았다. 북쪽사람들에게는 정월에 꽃이 피지 않는 것은 정상적이지만 영남嶺南에 갔다 온 적이 있는 한유에게는 봄이 더디기만 하다. 한유가 잠삼岑參의 〈백설가白雪歌〉의 뜻을 빌려 이 시를 창작한 것이 특징이기도 하다.

특히 3, 4구는 한유 특유의 상상력이 시를 돋보이게 한다. 꽃잎이 날려야 할 봄에 때 아니게 눈송이가 날리는 것을 유감스럽게 생각하지 않고 기뻐한다. 봄을 기다리는 시인에게 아직 봄빛이 찾아오지 않았다면 봄빛을 만들어낼 수 있다는 기발한 상상력, 한유가 아니면 이런 묘사가 힘들고, 한유도 이런 봄이 아니면 힘들 것이다.

〈관산춘설도關山春雪圖〉, 북송北宋 곽희郭熙

봄에 좌성에서 숙직하며

春宿左省[1]

🦋두보杜甫

좌성 담장에 해 저물어 꽃이 숨으니

짹짹 저녁 새 깃드네.

별은 궁궐문에 반짝이고

달은 궁궐 곁에서 빛나네.

잠 못 드니 자물쇠 소리 들리고

바람소리에 말방울 소리 생각나네.

내일 아침 황제께 아뢸 일 있어

밤이 얼마나 되었는지 몇 차례나 묻네.

花隱掖垣[2]暮, 啾啾棲鳥過. 星臨萬戶動, 月傍九霄多.

不寢聽金鑰, 因風想玉珂. 明朝有封事[3], 數問夜如何.

1 좌성: 좌습유左拾遺가 소속된 문하성門下省을 가리킨다. 당대唐代에 우성右省
  이라 불린 중서성中書省과 함께 국가 기무를 담당한 중앙정부기구이다. 대궐의
  동쪽에 위치하여 '좌성左省'이라 불린다.
2 액원: 문하성과 중서성은 각각 대궐의 오른쪽·왼쪽 담장을 끼고 있다. 마치 사람
  의 두 겨드랑이와 같다고 하여 '액원掖垣'이라 한다.
3 봉사: 황제에게 일을 보고할 때 내용이 누설되는 것을 막기 위해 흑색 주머니로 밀
  봉하여 직접 올리는 일을 말한다.

석양에 좌성의 낮은 담장은 길게 그림자를 드리워
꽃은 희미해지고
저녁 하늘에 새들은 저마다 둥지를 찾아 돌아간다.
밤이 깊어지자 궁궐의 수많은 문은 별빛을 받아 반짝이고,
저 달만큼 궁궐건물은 높이 솟아
특히 달빛을 많이 받는 것 같다.
전전반측 잠 못 드는데 궁문 열리는 소리 들리는 것 같고,
바람소리에 조회 오는 백관들의 말방을 소리 들리는 듯하다.
내일 숙종에게 상주하는 일 때문에
밤이 얼마나 지났는지 여러 번 물어보네.

❀ 감상

당唐 숙종肅宗

이 시는 안사安史의 난 이후, 숙종이 장안으로 돌아오고 두 보가 잠시 좌습유가 되어 숙직을 서면서 지은 시다. 좌습유는 문하성에 속해 있으며, 간언을 하거나 상주문을 올리는 일을 맡은 관직이다. 따라서 숙종에게 상주문을 올리기 전 숙직을 서면서 가지는 충군애민의 심정을 읊은 시다.

1·2구는 저녁 무렵 좌성의 경치를 읊었고, 3·4구는 해가 저문 이후의 밤경치를 노래했다. 5·6구는 실제로 일어난 일이 아닌 상상을 통해 작자의 심정을 표현했다. 7·8구는 잠이 들지 못하는 이유와 작자의 불안한 심정을 묘사했다.

전체적으로는 앞의 4구는 숙직을 설 때의 좌성의 경치를 묘사했고, 뒤 4구는 숙직을 설 때의 심정을 표현했다.

〈성재수간聲在樹間〉, 조선朝鮮 안중식安中植

죽지사
竹枝詞[1]

유우석 劉禹錫

버드나무 푸르고 강물은 그득한데
강 위에서 젊은 남자의 노랫소리 들리네.
동쪽은 해 나는데 서쪽은 비 오는 것처럼
흐리다고 하지만 활짝 개었네.

楊柳靑靑江水平, 聞郞江上唱歌聲.
東邊日出西邊雨, 道是無晴却有晴.

1 죽지사: 악부樂府 근대곡近代曲 가운데 하나로 '죽지竹枝'라고도 한다. 원래 사천
四川 동북 일대의 민가民歌인데 유우석이 이 민가를 기초로 새로운 가사를 지었
다. 대개 남녀간의 애정에 대해 쓴 가사로서 매우 광범위한 지역에서 유행했다. 후
대에 많은 시인이 '죽지사'를 제목으로 남녀 애정과 고향 풍속을 노래했다. 죽지사
가운데 첫 번째 수로 형식은 7언절구이다.

봄이 무르익어 강가에 버드나무 가지 드리우고
맑은 물은 거울처럼 강 위의 세계를 반영한다.
이 때 강가에서 사모하는 님의 노랫소리 들려온다.
내게 마음이 있는 것 같지만
한편으로 그 속이 어떤지 알 수가 없는 것이
매실나무 열매가 익었을 때쯤 오는 비와 같다.
동쪽은 해 나고 서쪽은 비 오는데,
흐린 날이라 해야 할지 맑은 날이라 해야 할지.

🌸 감상

〈도화양류桃花楊柳〉,
청淸 오희재吳熙載

　〈죽지사〉는 파유巴渝(지금의
사천성四川省 중경시重慶市 일대)
지방의 민가民歌 중 하나로, 작
자가 기주자사夔州刺史로 있을
때 민간가요를 모방하여 지은 작
품이다. 이 시는 첫사랑에 빠진
소녀의 마음을 노래하고 있다.

　1구는 시속 주인공이 눈앞에
보이는 경치를 표현했다. 강가에
버드나무 푸르른 가지를 물가에
드리우고 강물은 거울처럼 맑아
수면 위의 경치를 그대로 반사하
는 아름다운 경치가 펼쳐진다.

　2구는 귀로 들은 소리를 묘사
한다. 주인공이 사모하는 남자의
노랫소리가 강가에 들려온다.

　3·4구에는 시속 주인공의 설
렘, 기대, 걱정 등 여러 가지 복잡
한 감정이 묘사되어 있다. 자신
이 있는 쪽으로 걸어오면서 노래
하는 것으로 보아 자신에게 마음

이 있는 것도 같지만 정작 속마음은 알 수가 없다. 마치 매우梅雨*가
내릴 때 맑았다가 갑자기 비 오는 날씨처럼 가늠할 수가 없다. 봄은
세상 만물을 설레게 하는 계절이다.

❀ 작자 소개

유우석

유우석劉禹錫(772-842)은,
자는 몽득夢得이며 하남 낙양
사람이다. 정원연간 말기에
유종원柳宗元, 진간陳諫, 한
엽韓曄 등과 함께 왕숙문王叔
文과 교제를 맺고 정치집단을
형성한다. 유우석은 시와 문
장에 모두 뛰어났으며 다루는
제재가 광범했다. 문학에서는
〈누실명陋室銘〉, 〈죽지사竹枝詞〉, 〈양류지사楊柳枝詞〉, 〈오의항
烏衣巷〉 등이, 철학에서는 〈천론天論〉 3편이 유명하다.

* 매우: 매실이 익을 때쯤 내리는 비라는 뜻으로 초여름인 6월 상순부터 7월 상순에
  걸쳐 계속되는 장마를 이른다.

대림사의 복숭아꽃
大林寺¹桃花

🦋 백거이白居易

인간 세상 사월에 꽃 모두 졌는데
산사에 복숭아꽃 피기 시작하네.
봄 다하고 자취도 없어 길이 아쉬워하던 차에
이곳에 와 있을지 생각도 못했네.

人間四月芳菲盡, 山寺桃花始盛開.
長恨春歸無覓處, 不知轉入此中來².

1 대림사: 여산廬山 대림봉大林峰에 위치한 사찰. 진대晉代 승려 담선曇詵이 세웠
  다고 전해진다.
2 차중래: '차중此中'은 '산사山寺' 즉, 대림사를 가리킨다

세상의 봄꽃이 지나간 늦봄,
여산 향로봉을 찾아오니
이제서야 복숭아꽃이 무성히 피기 시작한다.
봄의 미련으로 아쉬운 마음 가득한데
봄이 개구쟁이처럼 이곳에 숨어있을지
꿈에도 생각 못했네.

🌸감상

이 시는 원화元和 12년(817) 초여름 작자가 강주(지금의 강서성江西省 구강현九江縣)사마로 있을 무렵 여산 향로봉 정상에 있는 대림사를 여행했을 때 지은 시다. 이미 초여름이라 세상 천지에 봄꽃은 다 졌을 때인데 이곳 향로봉 대림사에는 복숭아 꽃이 이제 피기 시작한다. 선계와 같은 경치를 마주하고는 놀랍고 반가우며 기쁜 마음을 표현한 것이 1·2구다.

〈여산유서廬山幽棲〉,
조선朝鮮 심사정沈師正

이어서 3·4구에서는 추상적인 봄을 의인화하여 마치 개구쟁이가 숨바꼭질하느라 몰래 대림사에 숨어있는 것처럼 묘사하고 있다. 개구쟁이들의 까르르 웃는 소리가 금방이라도 귀에 들릴듯하다.

1·2구를 통해 봄을 열렬히 사랑하는 시인의 마음을 노래했다면, 3·4구는 봄이 장난기 심한 아이들 같다는 참신한

구상을 통해 봄을 생생하게 묘사하고 있다.

　여산의 3대 사원으로 대림사 외에 동림사東林寺와 서림사西林寺가 있는데, 역대로 수많은 시인묵객들이 명시를 남겼다. 이백과 소식이 남긴 시를 소개한다.

허공엔 하늘 향기 생겨나고,	天香生虛空,
하늘의 음악 계속 울려퍼지네.	天樂鳴不歇.
가만히 앉아 참선하니,	宴坐寂不動,
대천세계가 터럭 속으로 들어가네.	大千入毫髮.

　　　　－〈여산 동림사 밤의 소회[廬山東林寺夜懷]〉, 이백李白

가로로 보면 고개로 보이는데	
옆에서 보면 산봉우리가 되니,	橫看成嶺側成峰,
멀리 가까이 높게 낮게 시점에 따라	
모습 다르구나.	遠近高低各不同.
여산의 진면목을 알지 못하는 것은,	不識廬山眞面目,
단지 내 몸이 이 산중에 있기 때문이지.	只緣身在此山中.

　　　　－〈서림사 벽에 적다[題西林]〉, 소식蘇軾

강가에서 홀로 거닐며 꽃을 찾다
江畔獨步尋花

두보杜甫

강둑에 꽃이 피니 온갖 상념 주체할 수 없고
하소연 할 데 없어 다만 미칠 듯하네.
남쪽 이웃 마을 술친구 찾아 달려가니
열흘 전 술 마시러 나가 빈 침상만 남아있네.

江上被花¹惱不徹², 無處告訴只顚狂³.
走覓南隣愛酒伴, 經旬出飮獨空床.

1 피화: 강둑이 온갖 꽃으로 뒤덮혀 있는 모습을 말한다.
2 뇌불철: '뇌惱'는 꽃을 통해 봄을 처음 맞이한 작자의 '감동感動'을 의미한다. '불철
  不徹'은 '떨치지 못한다'는 말이다.
3 전광: 어찌할 줄 몰라 미칠 것 같은 작자의 모습을 형용하는 말이다.

봄소식을 찾으러 강둑으로 나섰는데
꽃이 핀 것을 확인하니
오히려 온갖 상념이 물밀 듯 밀려온다.
홀로 나온 산책길이라 하소연할 데 없으니 미칠 지경.
말 통하는 남쪽 이웃 마을 술친구를 찾아 달려가니
계절의 변화에 더 민감한 그 친구는
벌써 열흘 전에 봄소식을 듣고 술 마시러 나가고
집안에는 텅 빈 침상만 덩그러니 놓여 있다.

❀ 감상

이 시는 7수로 이루어진 〈강가에서 홀로 거닐며 꽃을 찾다[江畔獨步尋花]〉의 첫 번째 수다.

두보가 성도의 초당에 정착하고 나서 숙종肅宗 상원上元 2년(761)이나 대종代宗 보응寶應 원년(762) 즈음에 지었다. 일시적으로 편하게 지낼 수 있는 곳을 얻고 난 다음에 만나는 봄이어서 감회가 남달랐을 것이다. 여러 곳을 홀로 산책하면서 지나는 곳마다 한 수씩 지었다.

가난한 문인에게 봄은 지난 겨울의 고통을 상기시키는 한편, 또 한 해를 더 살 수 있을 것이라는 안도감과 희망을 주기도 한다. 그렇기 때문에 봄소식은 생명을 보장하는 소식이기도 하다.

봄소식의 구체적인 상징인 꽃을 보는 순간 시인은 힘들었던 겨울 생활과 안도감 그리고 앞으로의 희망이 교차하면서 머릿속이 복잡했을 것이다. 함께 산책 나간 친구라도 있었다면 어떻게든 풀어내었을 것이지만 홀로 나선 산책길이라 조금이라도 빨리 말 통하는 술친구와 술이라도 한 잔 하면서 털어내고 싶었을 것이다. "하지만 그 친구는 또 계절의 변화에 얼마나 민감한가?"

〈청장징강青璋澄江〉, 조선朝鮮 허련許鍊

제3장 아쉬움

복숭아꽃 그녀 얼굴 어디로 갔을까

봄날 그리움
春思

🦋 황보염皇甫冉

꾀꼬리 울고 제비 지저귀며 새해를 알리는데
마읍성의 백룡퇴로 가는 길 몇 천리나 되네.
경기에 살아 황실 정원에 가깝지만
마음은 밝은 달을 따라 변방 하늘로 가네.
베틀 위 비단에 새긴 시구는 한없는 그리움 하소연하고
누각 옆 꽃가지는 외로운 나를 비웃네.
거기장군 두헌에게 묻노니
언제면 회군하여 연연산에 공적을 새길까?

鶯啼燕語報新年, 馬邑¹龍堆²路幾千.
家住層城³臨漢苑⁴, 心隨明月到胡天.
機中⁵錦字論長恨, 樓上花枝笑獨眠.
爲問⁶元戎竇車騎, 何時返旆勒燕然⁷.

1 마읍: 진나라 때 지은 성 이름으로 지금의 산서성山西省 삭현朔縣이다.

2 용퇴: 백룡퇴白龍堆의 간칭이며 여기서는 사막을 말한다.

3 층성: 경성이 내성과 외성 두 층으로 나뉘어져 있기 때문에 이렇게 부른다.

4 원: 여기서는 행궁行宮을 말한다.

5 기중: 두도竇滔가 부견 때 진주자사가 되었는데, 나중에 용사로 폄적 당한다. 그의 처 소혜蘇蕙가 글을 잘 지어 남편을 매우 그리워하다가 비단을 짜서 〈회문선도시回文旋圖詩〉를 지어 보냈다. 모두 840자인데 종과 횡으로 뒤집어도 문장의 뜻을 이루었다.

6 위문: 후한 두헌이 거기장군이 되어 흉노를 대파하고 연연산에 올라 반고班固에게 명문을 짓고 돌에 새겨 돌아오게 한다는 구절에서 따왔다.

7 연연: 연연산燕然山으로, 지금 몽고의 항애산杭愛山이다.

🌸 감상

이 시는 출정나간 남편을 생각하는 부인의 말투를 빌려 묘사했다. 1연에서는 꾀꼬리 울고 제비 지저귀는 호시절과 수 천리 밖 사막의 험한 생활을 대비시켰고, 2연에서는 수도 장안의 번화함과 평화로운 집을 통해 남편을 향한 그리움을 역으로 부각시킨다.

3연에서는 처음도 없고 끝도 없어 한없이 이어지는 〈회문시回文詩〉를 통해 부인의 가없는 정을 노래했고 무정한 꽃을 의인화시켜 자신의 외로움을 대비시켰다.

끝으로 4연에서는 후한 거기장군 두헌의 전고를 차용하여 꼭 이기고 돌아오라는 마음을 표현했다. 자신의 운명과 다른 이들의 운명을 동일시하여 사회적 의의를 부여했다.

🌸 작자 소개

황보염皇甫冉(약718－약771)은, 자는 무정茂政이며 윤주潤州 단양丹陽(지금의 강소성 진강鎭江) 사람이다. 10세에 이미 시와 문장을 잘 지어 명재상이던 장구령은 그를 '작은 벗'이라 불렀다. 시는 청신하고 표일하며 표박의 감회가 많다. 황보염은 안사의 난 이후 점차 쇠락해 가는 시기에 주로 활동하였으므로 그의 시나 문장에도 당시 사회상황이 반영되어 있다. 그의 시는 참신하며 정처 없이 떠다니는 삶에 대한 감회가 많이 들어있다. 현재《황보염시집皇甫冉詩集》3권이 전한다.

꾀꼬리 울고 제비 지저귀는 새 봄

수도 장안의 집집마다 가족끼리 단란하게 모여

즐거운 시간 보내는데 저 멀리 변방으로 출정한 남편은 이런

단란함을 느끼지 못한다.

부인은 수도의 번화함과 평화로움을 눈앞에 두고 있지만

마음은 저 멀리 변방에서 고생하고 있을 남편에게 있다.

이때 부인은 그리움을 전하기 위해 베틀에 앉아 〈회문시〉를

비단에 짜서 새긴다.

앞뒤로 바꿔 읽어도 뜻이 통하는 〈회문시〉처럼

부인의 그리움은 끝도 없이 이어지고

누각 옆으로 빼죽 나온 꽃가지도 독수공방에 지쳤을

부인을 조롱하듯 환하게 피어있다.

부인은 혼자 말로 중얼거리듯 묻는다.

"군사를 총지휘하는 두장군께서는 언제쯤 흉노를

대파하고 연연산에 공적을 새긴 후한의 두헌 장군처럼

회군할 것인가요?"

❀ 회문선도시回文旋圖詩

　중국 오호십육국五胡十六國 시대에 두도竇滔라는 사람이 있었는데 그의 아내 소혜蘇蕙와 희첩인 조양대趙陽臺는 서로 사이가 좋지 않았다. 어느 날 두도가 좌천되어 양양으로 갈 때 소혜는 두고 조양대만 데려갔다. 두도가 임지로 떠난 뒤, 점점 아내 생각을 하지 않자 소혜는 몹시 상심하여 가로세로 8마디의 오색 비단에 글자를 짜 넣어 〈회문선도시〉를 지어 두도에게 보냈는데 두도는 이에 감동하여 첩을 돌려보내고 소혜를 다시 불러들였다고 한다. 이 〈회문선도시〉는 줄여서 '회문시回文詩'라고도 하고, 또는 '선기도璇璣圖'라고도 한다.

　〈회문시〉는 바로 읽거나 거꾸로 읽거나 모두 뜻이 이루어지는 시를 말한다. 처음에는 840자로 되어 있었으나 뒤에 〈회문시〉의 중앙에 '심心'자를 집어넣어 841자가 되었다. 가로세로 29자의 정사각형 모양이 만들어진다. 〈회문시〉는 처음에 다섯 색으로 구분된 각 구역이 있었으나 없어졌다. 후인들이 3언, 4언, 5언, 7언 방식으로 읽어 7,958수까지 추출해내었다.

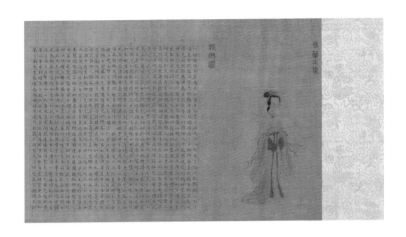

〈회문선도시回文旋圖詩〉

봄에 바라보며
春望

🦋 두보杜甫

온 나라 파괴되었으나 산과 강은 그대로이고
성에 봄이 왔으나 잡초만 무성하네.
시절 생각하니 꽃을 보아도 눈물 흐르고
이별이 한스러워 새를 보아도 놀라게 되네.
봉홧불 석 달 동안 이어지니
집에서 오는 편지 만금보다 소중하네.
백발 긁으니 더욱 성글어져
비녀도 꽂을 수 없네.

國¹破山河在, 城春草木深. 感時花濺淚, 恨別鳥驚心.

烽火²連三月, 家書抵萬金. 白頭搔更短, 渾欲不勝簪³.

1 국: 수도, 여기서는 장안(長安: 지금의 섬서성 서안)을 가리킨다.
2 봉화: 나라에 큰 난리가 있을 때 신호로 올리는 불이다. 여기서는 안사의 난 때문
   에 "올리는 봉화"다.
3 잠: 머리를 묶는 장식이다. 옛날에는 남자들이 머리카락을 길게 길렀는데, 성년이
   되면 머리꼭대기에 머리를 묶고 비녀를 횡으로 꽂아 흘러내리지 않게 했다.

안사의 난으로 수도는 파괴되어 온전한 것이라곤 없는데
산과 강만은 올해도 푸르고,
장안성에 봄이 왔으나 인적은 없고 초목만 무성하다.
이런 참담한 시절을 아는지 꽃도 눈물 흘리는 것 같고,
가족과의 이별에 마음 아파하여 새들도 놀라는 것 같다.
전란으로 봉화는 꺼지지 않고
1월, 2월, 3월 세 달 동안 피어올라
만금 같은 가족의 안부를 전하는 편지만 애타게 기다린다.
깊은 걱정으로 어찌할 바를 몰라 머리 긁적이니
더욱 빠져 비녀도 끼우기 어려울 정도로 성글어졌네.

❀ 감상

756년 6월 안록산安祿山과 사사명史思明의 반군이 수도 장안을 함락시킨 후, 7월 숙종이 감숙성 영무靈武에서 즉위한다. 이 해가 숙종肅宗 지덕至德 원년이 되는데, 두보는 이 소식을 듣고 가족들을 부주鄜州에 두고 영무로 달려간다. 가는 도중에 반란군에게 붙잡혀 장안으로 압송되지만 관직이 낮아 갇히지는 않는다. 이 시는 757년 3월에 지었다.

명대의 호진형胡震亨은 1·2구를 극찬하며 "대우는 정밀하지만 종횡으로 변환하여 묵은 규칙을 넘어섰으니 짙고 옅으며 얕고 깊은 것이 자연스러움을 얻었다."(《당음계첨唐音癸籤》권9)고 평가한다.

3·4구는 보통 두 가지로 해석된다. 첫째는 꽃과 새는 원래 사람들의 마음을 기쁘게 하는 것이지만, 오히려 시인은 그로 인하여 눈물 흘리고 놀란다고 보는 해석이다. 둘째는 꽃과 새를 의인화시켜 시절에 슬퍼하여 꽃이 눈물 흘리고 새가 놀란다는 해석이다.

5·6구는 가족 간에 소식이 끊겼을 때의 절박한 심정을 표현하였는데, 보편적인 공감을 얻어내 천고의 명구절이 되었다.

7·8구는 나라와 가정이 파괴된 애통한 심정 외에 자신의 늙고 쇠락한 상황을 더하여 비애의 감정을 한층 고조시킨다.

이 시는 전체적으로 감정과 경물이 갖추어져 있으면서도 서로 따로 놀지 않고 감정은 강렬하지만 쉽게 드러나지 않으며, 내용은 풍부하면서도 어지럽지 않으며, 격률은 엄격하면서도 딱딱하지 않은 것으로 유명하다.

〈계화원앙도桂花鴛鴦圖〉, 청清 여성余省

봄의 흥취
春興

武元衡 무원형武元衡

버드나무 그늘 짙게 드리우고 가랑비 개니
꽃 진 사이로 꾀꼬리 보이네.
하룻밤 봄바람에 고향 꿈 일어나
봄바람 따라 내 마음도 낙양으로 가네.

楊柳陰陰¹細雨晴, 殘花落盡見流鶯².
春風一夜吹鄕夢³, 又逐春風到洛城⁴.

1 음음: 버드나무 녹음이 짙게 드리운 모양을 말한다.
2 유앵: 꾀꼬리를 말한다. 지저귀는 소리가 은은히 들려오기에 '유流'자를 붙였다.
3 향몽: 단꿈. 꿈 속에서 겪는 아름다운 정경을 말한다.
4 낙성: 낙양洛陽을 가리킨다. 시인 무원형武元衡의 고향인 구씨緱氏가 낙양 부근
  이다.

늦은 봄날 저녁 무렵, 부슬부슬 봄비 그치니
연푸르던 버드나무 녹음은 짙어지고,
봄꽃 다 진 가지 사이로 꾀꼬리 분주히 돌아다닌다.
하룻밤 봄바람 불어주어
꿈에 봄바람 따라 내 마음도 고향 낙양으로 가네.

🌸 감상

이 시에서 봄바람은 고향의 봄을 연상시키는 촉매제다. 시인의 붓
끝에선 봄바람은 다정한 벗인 것 같다. 시인의 마음을 어루만지려 쉼
없이 바람 불어주어 고향 꿈에 빠져들게 한다. 또 봄바람은 꿈속에서
시인의 동행이 되어 낙양으로 가는 길을 인도하는 것 같다. 이런 의미
에서 꿈은 타향을 떠도는 시인에게 위로가 되고 즐거움이 된다.

시에 쓰인 소재나 제재는 매우 평범하지만, 평범한 일상생활에서
길어 올린 시적 아름다움은 시인의 예술적 상상력에서 기인한다고
할 수 있다.

🌸 작자 소개

무원형武元衡(758－815)은, 자는 백창伯蒼으로 무평일武平一의
손자다. 하남河南 구씨緱氏 사람으로 원래 출신지는 병주幷州 문수
文水이다. 783년에 진사가 되고, 어사중승, 좌서자, 산릉의 장사를
역임했다.

시를 짓는 것에 뛰어나 사람들은 벼슬이 높아져서 시에 뛰어난 자
는 오직 무원형 뿐이라고 했을 정도이다.

〈마상청앵도馬上聽鶯圖〉, 조선朝鮮 김홍도金弘道

도성 남쪽 인가 문에 써 붙이며
題都城[1]南莊

최호崔護

작년 오늘 이 문에서
그녀 얼굴 복숭아 꽃과 함께 붉게 물들었지.
그녀 얼굴 어디로 갔는지 알 수 없고
복숭아꽃만 여전히 봄바람에 환히 웃고 있네.

去年今日此門中, 人面[2]桃花相映紅.
人面不知何處去, 桃花依舊笑[3]春風.

1 도성: 수도 장안長安을 가리킨다.
2 인면: 최호가 그리워하던 여성의 얼굴을 가리킨다.
3 소 : 복숭아꽃 활짝 핀 모습을 형용한다.

작년 오늘 복숭아꽃 피었을 때,
장안성 남쪽 교외에서 그녀를 우연히 만났는데
그녀의 얼굴과 복숭아꽃은 서로 붉게 상기되어 있었네.
올해 또 이곳을 찾아와보니
그녀의 얼굴은 더 이상 볼 수 없고
복숭아꽃만 작년과 마찬가지로
봄바람에 활짝 피어있네.

🌸 감상

인간의 감정이 고전시라고 해서 그 강도가 누그러지거나 소멸되지 않는다는 것을 이 시는 말해주고 있다. 누구나 봄날 봄꽃 밑에서 우연히 마음에 드는 여인을 만난 기억은 있을 것이다. 뒷날 다른 봄날 그녀를 만난 장소로 가서 겪은 창망함이란! 사람의 일이란 뜻대로 되지 않는 것이어서 우연과 의도 사이에서 묘한 줄다리기를 하는 그런 체험을 전달하는 것이 바로 이 시다.

전하는 말로 청명清明 때 혼자 도성 남쪽을 거닐다가 어느 마을에서 마실 물을 구했는데, 한 여자가 문을 열고 나와 그릇에 물을 담아주면서 마실 때까지 작은 복숭아나무에 기대어 기다리고 있었다. 그 모습이 너무나 정겨워 다음 해 청명 때 다시 찾았더니 문 앞은 예전과 같았지만 문은 닫혀 있었다. 그래서 시 한 수를 지어 문에 적어두었다고 한다. 시인은 '인면도화人面桃花', '하처거何處去'의 시구를 통해 누구에게나 있을법한 추억을 이끌어내고 있다. 최호는 전하는 시가 많지 않지만, 이 한 수의 시로 불후의 시명을 남겼다.

🌸 작자 소개

　최호崔護(772-846)는, 자는 은공殷功이며 박릉博陵(지금의 하북
성 정주定州) 사람이다. 생애는 자세하지 않다. 그의 시는 군더더기
없이 깔끔하며 구성지고 아름답다. 시어는 매우 참신하다는 평을 듣
는다.《전당시》에 6수의 시가 남아있는데 모두 유명하다

〈춘한맥맥春恨脈脈〉, 조선朝鮮 김홍도金弘道

봄 깊어지다
春遠

🦋두보杜甫

사르륵 복숭아꽃과 버들개지 지는 늦은 봄
어지러이 붉은 꽃 흰 꽃 가볍게 날리네.
해 길어지니 오직 새소리만 들리고
봄 깊어지니 사립문만 우두커니 서있네.
잦은 관중의 난리에
언제 촉 땅 잠잠한 적 있었던가?
고향으로 돌아가지 못하는 것은
땅이 군영에 들어 있기 때문이네.

蕭蕭花絮晚, 菲菲紅素輕. 日長唯鳥雀, 春遠獨柴荊.

數有關中亂¹, 何曾劍外淸. 故鄕歸不得, 地入亞夫營².

---

1 관중난: 관중의 전란戰亂을 말한다. 《구당서舊唐書》〈곽자의전郭子儀傳〉에
  "광덕廣德 2년(764) 10월, 복고회은僕固懷恩이 토번吐蕃·회흘回紇을 끌어들
  여 당을 공격했다. 11월에 토번이 달아났다. 영태永泰 원년(765) 2월, 당항黨項이
  부평富平을 공격했다."라고 기록되어 있다. 토번·회흘·당항 등 이민족의 침입
  으로 인한 전란을 가리킨다.
2 아부영 : 한나라 장군 주아부周亞夫는 세류細柳(지금의 섬서성陝西省 함양시咸陽
  市 서남쪽)에 주둔하고 흉노를 방어했다. 두보가 이 시를 지을 당시 토번이 동맹을
  청했으므로 곽자의가 경원涇原에 주둔했다. 시에서 말한 주아부의 군영은 이곳
  을 가리킨다.

늦봄 복숭아꽃과 버들개지가
빨갛고 하얗게 조용히 떨어져 흩날린다.
해는 길어졌지만 지나는 사람 없어
새소리만 들리고 봄은 깊어졌지만
외딴 마을의 사립문만 보인다.
관중 땅에 전란이 그치지 않아
봄이 다가도록
고향으로 돌아가고 싶어도 그럴 수 없다.

❀ 감상

이 시는 갑자기 기세가 꺾이는 '돈좌頓挫*'의 방법을 잘 활용했다. 1·2구는 기起, 3·4구는 승承, 5·6구는 전轉, 7·8구는 결結이다. 승에서 기의 생기 넘치는 봄의 뜻을 이어받아 전개하되 화창한 봄에 고독감을 느끼는 시인의 봄을 노래하여 기세를 꺾는다. 다시 5·6구에서 백화만발한 봄의 기운을 꺾어 인사人事의 상심을 표현했다. 한 수의 시 안에서 수많은 변화를 추구하는 두보 시의 특징이기도 하다.

* 돈좌: 사물에 변화가 많고 안정되지 않은 것을 말한다. 시문, 회화, 서법, 춤에 있어 변화가 풍부하여 갑자기 꺾이고 우여곡절이 있는 것이다. 음악의 경우, 음조가 갑자기 높아졌다가 낮아지는 것을 말한다.

〈도교심춘渡橋尋春〉, 조선朝鮮 심사정沈師正

그리움
相思

 왕유王維

홍두는 남국에서 나는데
봄에 또 얼마나 날까?
그대여 많이 따길 바라오.
이 물건 가장 날 생각하게 하니.

紅豆[1]生南國, 春來發幾枝?
願君多采撷, 此物最相思.

1 홍두 : 두豆과 상사자相思子속 식물로, 상사자相思子라고도 부른다. 줄기가 가늘
  고 가지가 많다. 종자種子가 선홍색의 둥근 모양이라서 '홍두紅豆'라는 이름을 얻
  었다. 문학작품에서 대개 애정愛情이나 그리워하는 마음을 상징한다. 대만·광동·
  광서·운남 등 중국 남방에서 주로 자란다.

남쪽 지방에서 나는 홍두,
올해 봄엔 또 얼마나 날까?
그대는 홍두를 많이 많이 따기를 바랍니다.
왜냐하면 이 물건을 보면
멀리 있는 제 생각을 할 테니까요!

❀ 감상

이 시는 당나라 때 궁중악단인 이원梨園에서 가장 애창하던 가요 중 하나였다. 왕유는 소박하면서도 전형적인 시어의 제련을 통해 깊은 감정을 표현하는 데 뛰어난 시인이므로, 이 시가 당시 유행가로 불린 것도 이상한 일은 아니다.

홍두는 상사자相思子라고도 하는데, 열매의 표면이 붉고 매끈하고 단단하여 보는 것만으로도 강한 인상을 남긴다. 상사자라는 이름에서 알 수 있듯이 연인이나 친구를 생각나게 하는 뜻을 가지고 있다.

〈홍두상사도紅豆相思圖〉, 청청淸 육회陸恢

낙천의 춘사에 화답하다
和樂天春詞

유우석劉禹錫

정성스레 화장하고 붉은 누각 내려왔으나
깊이 봄빛을 가두어 놓아 뜰 가득 근심이네.
뜰 가운데로 와서 꽃송이 헤아리는데
잠자리가 옥비녀로 내려앉네.

新妝宜面下朱樓¹, 深鎖春光一院愁.
行到中庭數花朶, 蜻蜓²飛上玉搔頭.

1 주루: 궁중의 화려한 누각으로 궁중 여성이 거처하는 곳이다.
2 청정: 잠자리이다. 비유를 통해 머리에 내려앉은 꽃향기를 암시한다.

정성스레 화장을 하고 뜰에 내려왔지만
날 알아주는 이 없어 외로움만 깊어진다.
외로움을 지우려 뜰에 핀 꽃송이를 헤아리는데
아무것도 모르는 잠자리가
꽃으로 알고 옥비녀에 내려앉는다.

❀ 감상

이 시는 백거이의 〈춘사春詞〉라는 시에 화답하여 지은 것이다. 우선 〈춘사〉를 감상하면 다음과 같다.

낮게 꽃 드리운 나무가 여인의 방을 비추니　　低花樹映小妝樓,
봄은 미간으로 들어와 두 점의 근심이네.　　　春入眉心兩點愁.
난간에 기대어 등 뒤의 앵무새 소리 듣는데　　斜倚欄杆背鸚鵡,
무슨 일로 돌아보지 않나?　　　　　　　　　思量何事不回頭?

백거이의 시에서는 난간에 기대어 등 뒤로 앵무새 소리 들으며 눈살을 찌푸린 한 여인이 생각난다면, 이 시에서는 규방 여인의 근심을 완곡하게 그려내고 있다.

기대감에 화장을 하고 주루를 내려와 뜰에 나갔으나 정원은 굳게 닫혀 있어 꽃과 나비, 앵무새가 있어도 더욱 외롭기만 하다. 이런 외로움에 할 수 없어 새로 핀 꽃을 보며 근심을 풀려고 하는데 여인을 꽃으로 착각한 잠자리가 옥비녀에 내려앉는다.

표현수법에 있어 4구가 뛰어나다. 근심에 잠겨 우두커니 서있는 미인의 모습을 묘사했을 뿐 아니라 그녀의 처지가 뜰에 핀 꽃들과 같아 찾아오는 사람 없어 잠자리만 불러들인다는 것을 표현했는데 시인의 뛰어난 안목[詩眼]이 돋보이는 구句다.

〈석죽청정石竹蜻蜓〉, 조선朝鮮 심사정沈師正

그리움
春思

 이백李白

연 땅 풀은 아직 연푸른데
진 땅 뽕나무는 이미 녹색가지 드리웠네.
그대 돌아올 날 생각하는 날은
첩의 애간장 끊어지는 때.
봄바람은 알지도 못하면서
어찌하여 비단 휘장으로 불어오나?

燕草¹如碧絲, 秦桑²低綠枝.
當君懷歸日, 是妾斷腸時.
春風不相識, 何事入羅幃.

1 연초: 연燕 지역은 지금의 하북성河北省 북부 일대로 중국의 북쪽 변방지역이다.
  부역 나간 남편이 있는 곳이다.
2 진상: 진秦 지역은 섬서성陝西省 일대로 부인이 있는 곳이다. 남편이 있는 연 지
  역은 기후가 추워서 초목이 진 지역보다 늦게 자란다.

낭군이 계신 연 땅에는 이제 풀이 돋아 파릇파릇하겠지만,
내가 있는 진땅은 벌써 뽕나무에 잎이 무성하여
가지를 낮게 드리우고 있네.
낭군께서는 이제 파릇파릇 돋아난 봄풀에 내 생각하겠지만,
저 낮게 드리워진 뽕나무 가지만큼
낭군생각으로 상사의 정 깊기만 하네.
봄바람은 이런 날 알지도 못하면서
내 침실로 불어와 또 근심을 일으키나?

❀ 감상

이백에게 남편을 그리워하는 부인의 심리를 묘사한 시가 꽤 많다. 이 시도 그 가운데 하나다. 봄바람 쉴 없이 불어오는 중춘의 어느 날 겨우 마음 다독이며 살아가는 여인의 가슴을 결국 흔들어놓고 만다.

낭군은 연 땅으로 수자리 서러 가서는 아무런 소식이 없다. 여인은 그리운 마음에 낭군이 계신 연 땅을 상상한다. 내가 있는 진 땅보다 봄이 늦게 와 이제 파릇파릇 봄풀 돋아날 것이고, 그 봄풀을 보고 낭군은 고향생각을 하겠지.

하지만 내가 있는 진 땅에는 무성한 뽕나무 잎에 가지가 눌려 낮게 드

리울 정도로 봄은 무르익었고, 나는 봄풀 날 때 가졌던 생각이 무르익은 봄만큼 깊어졌다. 그런 것도 모르는 봄바람은 쉴 없이 내 침실로 불어오니 몹쓸 봄바람이다.

〈매영춘사도梅影春思圖〉, 청淸 심종건沈宗騫

이백
李白(701-762)은, 자는 태백太白, 호는 청련거사青蓮居士 또는 적선인謫仙人이다. 당나라의 위대한 낭만주의 시인이다. 시선詩仙이라 일컬어지고 두보와 함께 '이두李杜'라 병칭되었다.

두보의 시가 세상에 집착하여 유교적 현실주의시를 많이 지었다면 이백은 술을 통해 세상을 초월하는 신선의 경지를 노래했다. 수없는 수정을 통해 정밀한 시를 추구한 두보에 비해 이백은 자유롭게 시를 지었으며, 두보가 율시에 뛰어났다면 이백은 악부樂府와 칠언절구七言絶句에 뛰어났다. 《이태백집李太白集》이 전하며 시와 문장 1,000여 편이 남아있다.

봄강에 꽃피고 달뜬 밤
春江花月夜

장약허 張若虛

봄강 조수는 바다에 이어져 평평하고
바닷가 명월은 조수와 함께 떠오르네.
일렁이며 물결 따라 천리 만리 비추니
어느 곳 봄 강에 밝은 달 없겠는가?
강물은 구비 돌아 꽃들판 에두르고
달은 꽃숲을 비추니 서리 내리는 것 같네.
교교한 달빛 공중에 서리 날리는 것 같고,
물가 백사장도 달빛인지 알 수 없네.
강과 하늘은 하나 되어 조금의 티끌도 없는데
교교한 공중에 외로운 달만 빛나네.
강가에서 누가 처음 달을 보았으며,
강의 달은 언제 처음 사람을 비추었나?
인생 대대로 끝이 없는데
강가의 달은 해마다 비슷하네.
강가의 달 누구를 기다리는지 모르겠으나
단지 장강이 물 흘려보내는 것만 보이네.

흰구름 한 조각 유유히 흘러가고
청풍포에서 시름 겨워하네.
어느 집에선 오늘밤 일엽편주의 객 되었고
어느 곳에선 명월 뜬 누각을 그리워하겠지.
어여쁜 누각에 달 배회하여
이별한 여인의 화장대 비추겠지.
문에 드리운 주렴 말아도 떠나가지 않고
다듬잇돌 위의 달빛 떨쳐도 다시 오네.
이 때 바라보지만 들리지 않으니
달빛 따라 그대 비추고 싶네.
기러기 멀리 날아도 달빛을 넘을 수 없고
어룡은 잠겼다 뛰어오르며 파문을 일으키네.
어젯밤 한가한 못가에서 지는 꽃 꿈꾸었는데
가련하게도 봄은 깊었는데 아직 고향에 돌아가지 못했네.
강물에 흐르는 봄은 떠나가려 하는데
강가 못의 달은 다시 서쪽으로 기우네.

기우는 달은 점점 해무에 가려지는데

갈석산과 소상강의 길은 끝이 없네.

달빛을 밟고 몇 사람이나 돌아갔는지 모르겠는데

지는 달은 마음을 흔들고 강가 나무에 가득하네.

春江潮水連海平, 海上明月共潮生. 灩灩[1]隨波千萬里, 何處春江無月明!

江流宛轉繞芳甸, 月照花林皆似霰. 空裏流霜[2]不覺飛, 汀上白沙看不見.

江天一色無纖塵, 皎皎空中孤月輪. 江畔何人初見月? 江月何年初照人?

人生代代無窮已, 江月年年只相似. 不知江月待何人, 但見長江送流水.

白雲一片去悠悠, 青楓浦[3]上不勝愁. 誰家今夜扁舟子? 何處相思明月樓[4]?

可憐樓上月徘徊, 應照離人妝鏡臺. 玉戶簾中卷不去, 擣衣砧[5]上拂還來.

此時相望不相聞, 願逐月華流照君. 鴻雁長飛光不度, 魚龍潛躍水成文.

昨夜閑潭夢落花, 可憐春半不還家. 江水流春去欲盡, 江潭落月復西斜.

斜月沈沈藏海霧, 碣石瀟湘[6]無限路. 不知乘月幾人歸, 落月搖情滿江樹.

1 염염: 물결 빛이 일렁이는 모양을 말한다.

2 유상: 서리가 내린다는 의미이다. 옛 사람은 서리를 눈과 같이 하늘에서 내리는 것으로 생각했기 때문에 '유상流霜'이라고 했다. 이 시에서는 매우 희고 순결한 달빛을 서리에 비유했는데, 달빛이 몽롱하여 서리 따위가 내리는 것도 알아챌 수 없었다는 말이다.

3 청풍포: 지명으로, 지금의 호남성湖南省 유양현瀏陽縣 경내에 있다. 《초사楚辭》〈초혼招魂〉에 "푸른강 강변에 단풍나무 외로운데, 저 먼곳 바라보니 그리운 마음에 슬픔이 밀려온다.[湛湛江水兮上有楓, 目極千裏兮傷春心]"라고 하였고, 《구가九歌》〈하백河伯〉에 "사랑하는 이를 남포에서 송별하네.[送美人兮南浦]"라고 하였다. 앞 두 구절은 '단풍나무[楓]'와 '물가[浦]'를 매개로 이별의 아픔을 이야기하고 있다. 이 구절 역시 《초사》·《구가》를 따라 풍楓·포浦를 이별하는 시인의 마음을 표현하는 매개로 이용했다.

4 명월루: 달 빛 비치는 누각으로, 여기서는 그리워하는 여인을 가리킨다. 조식曹植의 〈칠애七哀〉 시에 "밝은 달이 누각 환히 비추는데, 달빛 아래로 흘러 이리저리 배회하네. 누각 위에 외로운 여인, 구슬픈 한숨소리 안타깝네.[明月照高樓, 流光正徘徊. 上有愁思婦, 悲歎有餘哀]"라는 구절이 있는데, '밝은 달'과 '누각'이 같은 의미로 쓰였다.

5 도의침: 옷감 따위를 펴는 다듬이돌을 말한다.

6 소상: 소수瀟水와 상강湘江으로 남방에 있는 강이다. 앞서 나오는 갈석碣石은 갈석산으로 북방에 있는 산이다. 서로 떨어져 있는 거리가 멀어 만날 기약이 없다는 것을 암시한다.

호탕한 봄 강 조수는 바다와 하나가 되었는데
밝은 달 떠오르는 것이 마치
조수와 함께 솟아오르는 것 같네.
달빛은 봄강을 비추며 천리 만리 물결 따라 일렁이니
모든 봄 강은 밝은 달로 반짝인다.
강물은 구불구불 꽃핀 들판을 둘러 흐르고
달빛은 꽃 숲을 비추니 꼭 눈이 반짝이는 것 같다.
교교한 달빛 비추는 것이 꼭 서리가 내리는 것 같고.
물가의 흰모래는 달빛과 하나 되었으니
어느 것이 모래고 달빛인지 알 수 없네.

강과 하늘이 하나 되어 한 점의 티끌도 없고
달만 밝은 하늘에 걸려있네.
강가에서 누가 처음 달을 보았으며,
강가의 달은 언제 처음 사람을 비추었을까?
사람은 대대로 이어져 끝이 없어
해마다 되풀이 되는 강가의 달과 함께 비추네.
강가의 달 누구를 기다리는지 모르겠으나,
장강만 쉼없이 물 흘려보내네.
나그네는 한 조각 구름처럼 유유히 떠나가고
부인만 청풍포에서 시름겨워하네.

어느 집에선 오늘밤 일엽편주의 객 되었겠고,
어느 곳에선 달빛 밝은 누각에서 그리워하겠지.
어여쁜 누각에 달은 배회하며
이별한 여인의 화장대 비추겠지.
달빛은 주렴으로 들어와 말아서 버릴 수도 없고
다듬잇돌에 비추여 떨쳐버릴 수도 없네.
이 때 서로 바라보지만 상대방의 목소릴 들을 수 없으니
달빛 따라 가서 서로 비추기를 바라네.
소식을 전한다는 기러기와 어룡도 멀리 날아
달빛을 넘지 못하고 물위로 뛰어올라 파문만 일으키며
아무 소용이 없네.

어젯밤 한가한 못가에서 꽃 지는 꿈 꾸었는데
애석하게도 봄은 깊었으나 아직 고향에 돌아가지 못했네.
강물은 봄빛을 싣고 다하려고 하고
못가의 달도 다시 서쪽으로 기우네.
지는 달은 점점 해무에 가려지는데
갈석산 소상강의 두 사람은 길이 멀기만 하네.
달빛을 밟고 몇 사람이나 집으로 돌아갔는지 모르겠지만,
지는 달은 마음을 흔들고 강가 나무에 가득하네.

❁ 감상

이 시는 전체적으로 기(1구~8구), 승(9구~20구), 전(21구~28구), 결(29구~36구) 4부분으로 나뉜다. 기의 8구는 큰 것에서 작은 것으로 먼 곳으로부터 가까운 곳으로 제재가 이동하며 달로 집중된다.

승은 다시 두 부분으로 나뉘는데, 인생철학이 전반부(9구~16구)이며, 후반부(17구~20구)는 남녀간 이별의 한을 다루었다.

전은 달을 의인화하여 남편을 그리워하는 부인을 위로하려고 하지만, 부인은 오히려 달빛으로 인해 그리움이 더 커지는 것을 묘사했다.

결은 나그네의 향수를 그리고 있다. 봄이 지려고 할 때 나그네는 타향 만 리에 있으니 향수를 감당할 수 없다. 따라서 강물에 떠내려가는 것은 계절의 봄이면서 나그네의 봄이며 즐거움이기도 하다. 못에 지는 달은 또 짙은 해무에 가린다. 그의 고독감과 향수는 정점으로 치닫는다.

이 시가 특히 주목을 받는 부분은 "인생 대대로 끝이 없는데 강가의 달은 해마다 비슷하네"다. 이전의 문인은 영원한 우주와 짧은 인생을 대조시켜 비애의 심정을 표현했지만, 장약허는 개개인의 삶은 짧지만 인류는 면면히 이어져 달과 함께 공존할 수 있음을 묘사했기 때문이다. 이는 적극적인 삶의 추구로 이어지는 계기를 낳기도 한다. 소식이 〈적벽부赤壁賦〉에서 변하지 않는 관점에서 보면 천지사물과 마찬가지로 사람에게도 영원한 측면이 있다는 사상의 단초를 읽을 수 있는 대목이다.

현대의 문인 문일다聞一多는 《당시잡론唐詩雜論》〈궁체시, 자신의 죄를 썼다[宮體詩的自瞶]〉라는 글에서 이 시를 두고 "시 가운데 시, 산봉우리 가운데 산봉우리[詩中的詩, 頂峰上的頂峰]"라고 극찬했듯이, 이 시는 천년 넘게 봄이면 독자의 마음을 흔들어 놓았다. 봄을 노래한 이 이상의 봄시가 있을까 싶다.

🌸 작자 소개

장약허張若虛(660?−720?)는 양주揚州(지금의 강소江蘇에 속함) 사람으로, 일찍이 연주병조兗州兵曹를 지냈다. 중종中宗 신룡神龍 연간에 문사文詞가 준수한 것으로 경사京師에서 명성을 떨쳤다. 하지장賀知章, 장욱張旭, 포융包融과 함께 '오중사사吳中四士'로 불렸다. 작품은 대부분 실전되고 《전당시全唐詩》에 시 2수가 실려 있다.

대표작 〈봄강에 꽃피고 달뜬 밤[春江花月夜]〉은 인구에 회자膾炙되는 명시로 궁체시宮體詩의 속박에서 벗어나 청려淸麗하고 자연스러운 필치로 달빛이 비치는 춘강春江의 경치를 묘사하고 있다.

저주의 서간
滁州西澗

위응물韋應物

그윽한 풀 시냇가에 자라는 것도 특히 좋은데
그 위에 꾀꼬리 깊이 우거진 나무에서 우네.
봄 조수 비를 몰고 와 저녁에 물결 세찬데
나루터에 인적 없고 배만 홀로 흔들리네.

獨憐幽草[1]澗邊生, 上有黃鸝深樹鳴.
春潮帶雨晚來急, 野渡無人舟自橫.

1 유초: 깊고 구석진 곳에서 자라는 풀을 말한다.

시냇가에 자라는 들풀을 유독 좋아하는데
깊이 우거진 수목에선 꾀꼬리 무심히 운다.
봄날 저녁 비 내리자 조수는 더욱 세찬데
나루터엔 인적 없고 배만 이리저리 떠다니네.

🌸 감상

저주滁州는 지금의 안휘성安徽省 저현滁縣에 해당하며, 서간西澗은 당시 저주성 서쪽 교외에 있던 개울의 명칭이다. 위응물이 덕종德宗 때인 783년 저주자사滁州刺史로 임명되어 재직할 때 지은 시이다.

이 시는 봄 들판의 경관을 빼어나게 묘사하여 위응물의 대표작 가운데 하나로 꼽히며 3·4구가 명구名句로 회자되었다. 북송 곽희郭熙(1023-1085)의《임천고치林泉高致》〈화의畫意〉에 화제畫題로 쓸 만한 시구로 뽑힐 만큼 회화성이 뛰어나다.

이 시는 단순하게 산수경물을 읊은 것이 아니라, 지은이가 특별하게 기탁한 뜻이 있다고 해석되기도 한다. 개울가 풀은 지은이 자신, 꾀꼬리는 아첨하여 요직을 차지하는 무리를 상징하며, 물살이 급해지는데도 사람을 태워 물을 건너야 할 배가 나루터에 그냥 걸쳐 있는 광경은 한직閑職에 임명되어 쓰이지 못하고 뜻을 펼치지 못하는 지은이의 불우한 처지를 비유적으로 나타낸 것이라고 보기도 한다.

❀ 작자 소개

위응물

위응물韋應物(737-792)은 장안(지금의 섬서성 서안) 사람이다. 명문가 출신으로 천보 10년(751)부터 천보 말년까지 삼위랑三衛郎의 관직을 맡았다. 안사의 난 이후에 현종이 촉 땅으로 피신하자 관직을 잃고 독서에 뜻을 두었다. 대력大曆 13년(778), 악현령鄂縣令을 시작으로 소주자사蘇州刺史까지 두루 거친다. 그래서 위소주韋蘇州라고도 한다.

시풍은 평안하고 고요하면서 고원高遠하다는 평을 듣는다. 경치와 은일생활에 대한 묘사에 뛰어나 후대에 왕유王維, 맹호연孟浩然, 유종원柳宗元과 함께 산수전원시파 시인으로 일컬어진다. 5언고시에 뛰어나 오언장성五言長城이라고도 일컫는다. 5언고시는 도연명을 주로 배웠으나 산수 경치 묘사의 측면에서는 사령운謝靈運과 사조謝朓의 영향을 받았다. 백거이白居易는 〈원구에게 보내는 편지[與元九書]〉에서 그를 독서를 좋아하는 장서가藏書家로 칭찬했다.

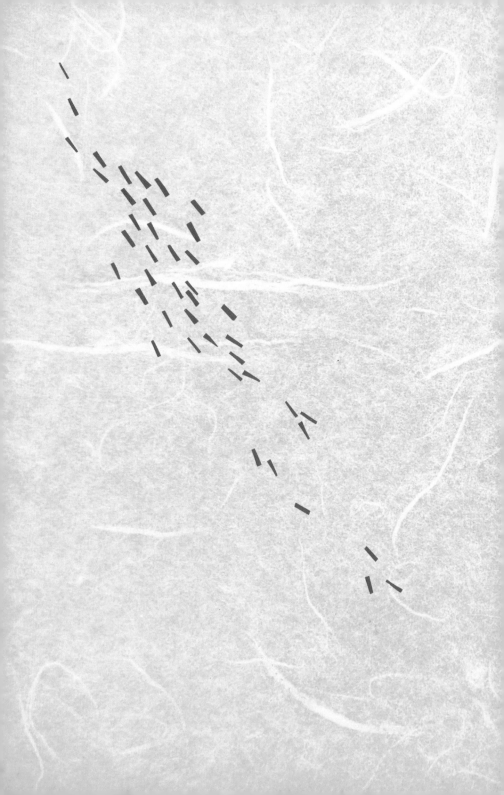

원이를 안서로 보내며
送元二[1]使安西[2]

왕유王維

위성의 아침 비 흙먼지를 적시니
객사는 뚜렷하고 버들 빛은 더욱 푸르네.
그대에게 또 술 한 잔 권하노라
서쪽으로 양관을 나서면 벗이 없을 테니.

渭城[3]朝雨浥輕塵, 客舍靑靑柳色新.
勸君更酌一杯酒, 西出陽關[4]無故人.

1 원이: 성이 원元이고 형제 가운데 둘째이며 왕유의 친구다.
2 안서: 당나라 때 안서도호부이며 지금의 신강성新疆省 고거庫車(지금의 구자龜玆)
  부근에 있다.
3 위성: 진秦나라 때 함양성이며 한나라 때 위성이라 불렀다. 장안 서북쪽, 위수 북
  안에 있다. 이별의 명소이다.
3 양관: 지금의 감숙성甘肅省 돈황현敦煌縣 서남쪽에 있다. 고대 서역으로 통하는
  요도다.

장안 서북쪽의 위성에서 아침에 비 내리고
날씨는 맑게 개었다.
늘 뿌옇게 일어나던 길가의 먼지는
가랑비로 가볍게 젖어 가라앉았고
객사는 산뜻한 버들잎에 반사되어 푸르다.
작별의 분위기 무르익고 착잡한 마음에 침묵이 흐를 때
주인은 술 잔 들어 술을 권한다.

　　"이보게 원형! 한 잔 더 하시오.
　　　양관을 나서면 같이 술 마실 사람 없을테니."

🌸감상

　이 시의 1·2구는 송별을 위한 전형적인 자연환경이고 3·4구는 전별연이 끝나갈 무렵의 권주사다. 사실 이별을 주제로 한 당시에서는, 3·4구에는 어떤 이유에서 전별연을 열었는지, 얼마나 술잔을 들었는지, 은근한 이별의 말, 출발할 때의 미련으로 쉽게 떠나지 못하는 상황, 떠난 후에 멀리 바라보는 상황 등이 보통 온다. 하지만 시인은 주인의 권주사만을 부각시킴으로써 석별의 정을 고조시킨다.

　이별의 순간 하고 싶은 말은 많지만 무슨 말을 꺼내야 할지 몰라 침묵의 순간이 지속된다. 이 때 복잡한 감정을 한 마디 권주사에 담아 표현해 내었다. 구구절절 말로 풀어내지 않았어도 그 뜻을 충분히 전달한다. 전형적인 함축이다. 이후로 이 곡은 악부에 들어가 가장 유행하는 가곡이 된다.

　왕유는 시대를 대표하는 시인이자 화가·음악가로서 다방면에 모두 이름을 떨쳤다. 그림에도 뛰어나 남종문인화南宗文人畵의 개조開祖로 여겨지고 있다. 북송 소식蘇軾(1036－1101)은 왕유의 시와 그림을 "시 속에 그림이 있고, 그림 속에 시가 있다.[詩中有畵, 畵中有詩]"라고 평하였다.

〈시화환상간詩畵換相看〉, 조선朝鮮 정선鄭敾

고원초송별로 시를 짓다
賦得古原草送別

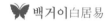 백거이白居易

무성한 들판의 풀
해마다 시들었다 피어나네.
들불로 태워도 다하지 않다가
봄바람 불면 다시 살아나네.
멀리 향기로운 풀은 옛 길을 덮고
빛나는 푸른빛은 황량한 성에 닿았네.
또 벗을 보내니
무성한 풀마다 이별의 정 가득하네.

離離原上草, 一歲一枯榮. 野火燒不盡, 春風吹又生.
遠芳侵古道, 晴翠接荒城. 又送王孫¹去, 萋萋滿別情.

---

1 왕손: 본래 왕의 후손이라는 의미지만, 여기서는 먼 곳으로 떠나는 벗을 가리킨다.

올해도 어김없이 들판에 풀과 꽃은 무성하게 피어났으며,
이런 생명의 순환은 매년 되풀이 된다.
저 생생生生의 풀들은 작년 들불에 온통 시커멓게 타서
생명의 자취를 찾을 수 없었으나,
올해 또 봄바람 불자 어디서 나타났는지
생명의 기운은 활활 타오르고 있다.
옛 파발이 다니던 역사의 길에도 향기로운 들풀은 덮였고
반짝이는 햇살아래 비취빛 기운은
인적 없는 옛 성터까지 뻗친다.
귀한 벗을 올해 또 들판에서 보내니
내 처연한 이별의 정은
저 무성한 풀빛만큼 깊고 끝이 없다.

❀감상

이 시는 부득체賦得體 가운데 절창으로 꼽히며, 덕종德宗 정원貞元 3년(788), 백거이가 16세 때 과거에 응시하기 전에 습작한 시이다. 부득체란 시체詩體의 이름으로 과거시험에 사용된 시체다. 제목 앞에 항상 '부득賦得'이라는 말을 두었으므로 이렇게 부르게 되었다. 부득체는 당나라에서 비롯하였으며 대부분 5언으로 여섯 개의 운을 사용하는 5언 6운이나 여덟 개의 운을 사용하는 5언 8운의 배율로 되어 있다. 이처럼 운을 맞추는 것뿐만 아니라 제목과의 부합성, 기승전결의 구성, 대구對句의 운용 등 형식이 까다로워 잘 짓기가 매우 힘든 형식이다.

이 시는 본래《초사》〈초은사招隱士〉"왕손은 길 떠나 돌아오지 않으나 봄풀은 자라나 무성하네.[王孫遊兮不歸, 春草生兮萋萋]"를 따와 새로운 시상으로 지은 시다.

1연은 제목을 드러내며 쉼 없이 반복되는 생명의 순환을 노래했다. 2연에서 거센 화염이 온 들판을 태우지만 타지 않은 땅 속 뿌리는 다음해 봄이면 다시 온 들판을 푸르게 물들인다. 생명력의 왕성함을 드러내었다. 5·6구는 앞 연을 이어서 봄의 생명력이 옛 길과 버려진 성으로 뻗어가는 동적인 이미지를 부여했다. 7·8구는,《초사》〈초은사〉에서는 무성하게 자란 풀을 보고 떠난 님을 생각한다면 여기서는 봄풀을 보면서 송별의 정을 더한다고 할 수 있다.

〈노자출관老子出關〉, 조선朝鮮 정선鄭敾

황학루에서 광릉으로 가는 맹호연을 전송하며
黃鶴樓[1]送孟浩然之廣陵[2]

이백李白

벗은 황학루를 이별하고
안개 속 꽃핀 삼월에 양주로 내려가네.
외로운 배 아득한 그림자는 푸른 하늘에 다하고
하늘가에 흐르는 장강만 보이네.

故人西辭黃鶴樓, 煙花[3]三月下揚州.
孤帆遠影碧空盡[4], 唯見長江天際流.

1 황학루: 황학루는 청淸 광서廣西 10년(1884) 화재로 타 없어졌고, 현재는 터만 남
  아 있다. 삼국시기 비의費禕가 이 누각에서 신선이 되어 황색 학을 타고 날아갔다
  는 전설이 있어 '황학루'라고 불렀다고 한다.
2 광릉: 현재의 양주揚州이다.
3 연화: 아름다운 봄날의 전경을 묘사하는 말이다. 봄철에 버들꽃 솜털이 바람에 날
  리는 것이 마치 연기 같고, 울긋불긋한 꽃이 비단 같아서 '연화'라고 하였다.
4 벽공진: 벗이 타고 떠나는 배가 시야에서 사라져 가는 정경을 묘사한 말이다. '벽공
  碧空(푸른하늘)'은 '벽산碧山(푸른 산)'으로 쓰기도 한다.

맹호연이 3월 안개 속 꽃 흐드러졌을 때,
황학루를 떠나 동쪽 양주로 떠나간다.
그가 탄 배가 아득히 수평선 너머로 사라지자,
도도한 장강의 물결만이 하늘가에 흐르는 것이 보이네.

✿감상

알록달록한 봄꽃 만연한 시절에 당나라에서 가장 번화한 도시로 맹호연을 보낸다. 이백보다 12살이 많은 맹호연은 당시에 시명詩名이 자자했다. 그리고 양주는 이백과 맹호연이 같이 머물며 시를 짓던 곳이기도 하다. 흠모하는 선배 시인 맹호연을 황학루에서 보내며 아쉬운 마음이 끝이 없는 것을 배가 시야에서 사라지는 푸른 하늘까지 보낸다고 표현하고 있다.

한편 이 시에는 이별의 정뿐만 아니라 번화한 도시 양주에 대한 동경과 맹호연의 여정에 대한 동경의 마음도 같이 녹아 있다. 따라서 이별의 정만을 시속에 녹여내는 일반 시와 다르다고 할 수 있다.

시어 가운데 '삼월연화三月煙花'는 아름다운 계절, 양주의 번화함, 당나라의 시대적 분위기를 묘사했다. 당시 삼백수를 숙독하면 시를 지어본적 없어도 시를 읊을 수 있다고 한 청대의 문인 손수孫洙는 "천고의 빼어난 구절[千古麗句]"이라고 격찬했다.

〈황학루도黃鶴樓圖〉, 청清 관괴關槐

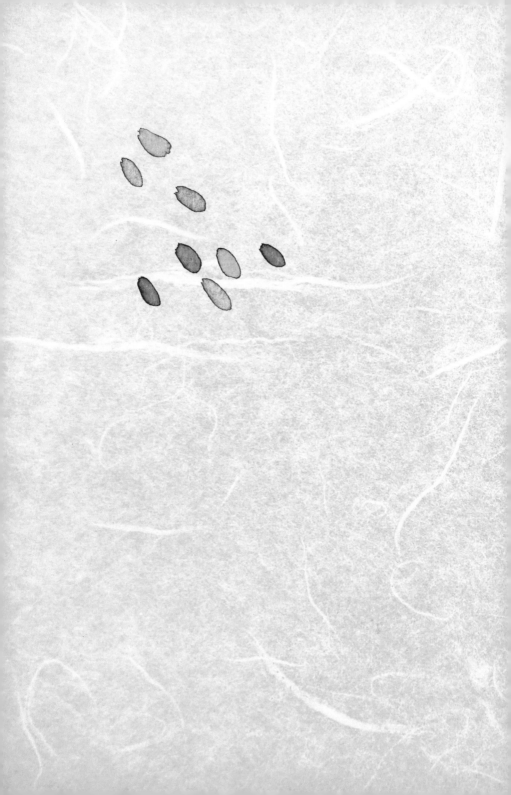

제5장 상심

늦봄에 비내리니 나그네 향수에 젖어

강남의 봄
江南春

 두목杜牧

강남천리에 꾀꼬리 울고 푸른 나무에 붉은 꽃 피었는데
물가 산촌마다 술집 깃발 펄럭이네.
남조의 수많은 사찰
겹겹이 쌓인 누각 안개비에 젖어있네.

千里鶯啼綠映紅, 水村山郭酒旗[1]風.
南朝[2]四百八十寺[3], 多少樓臺[4]煙雨[5]中.

1 주기: 문 앞에 걸려 주점을 표시하는 작은 깃발이다.
2 남조: 북조시기와 대치한 송宋, 제齊, 양梁, 진陳 왕조이다.
3 사백팔십사: 남조시기 각 왕조의 군주와 관료들은 불교를 좋아하여 수도(지금의 남경시)에 불사를 대규모로 건축한 것을 말한다.
4 누대: 누각정대樓閣亭臺. 루樓는 두 개의 층으로 지은 집, 각閣은 공중에 매어 설치한 루樓, 정亭은 덮개는 있고 담이 없는 건축물. 대臺는 흙으로 쌓은 높은 단이다. 여기서는 사원건축물을 가리킨다.
5 연우: 가랑비 부슬부슬 내리는 것이 연기나 안개와 비슷한 것을 말한다.

천 리에 뻗은 강남땅에
꾀꼬리는 즐겁게 지저귀고
물오른 푸르른 나무마다
붉은 꽃은 알록달록 물들인다.
물가의 촌락, 산골의 성곽
가는 데마다 바람에 나부끼는 술집의 깃발은
하나하나 눈에 들어온다.
이런 매혹적인 풍경에 더하여
강남의 수많은 화려한 불사의 누대는
안개비 속에 잠겨 어우러진다.

❊ 감상

시는 서두부터 '천리' 두 글자로 시작하며 광활한 강남의 풍경을 원거리에서 담아낸다. 문학예술의 전형적이고 개괄적인 표현수법을 활용하여 강남의 화려한 봄 경치를 표현하는데, 꾀꼬리 소리, 무성한 버들과 활짝 핀 꽃, 물가 마을과 산성 등 가는 곳마다 바람에 나부끼는 술집 깃발이 입체적으로 묘사되고 있다.

3·4구는 '남조' 두 글자로 시작하는데 1·2구의 광활한 공간에 유구한 역사감을 더한다. 3·4구는 맑은 경치, 안개비에 젖은 불사佛寺의 누대를 첨가하여 처연한 분위기를 조성하며 그윽하면서도 깊은 맛을 준다.

〈강남춘의도江南春意圖〉, 조선朝鮮 김광국金光國

✿ 작자 소개

두목杜牧(803-852)은, 자는 목지牧之이다. 만년에 장안 남쪽 번천樊川에서 기거했기 때문에 두번천杜樊川이라고도 불린다. 경전과 역사서에 두로 통하였으며, 특히 왕조의 치란과 군사軍事 연구에 전념했다. 두목의 시는 7언절구로 유명하고, 내용은 역사사실을 통해 개인의 서정을 읊은 영사시詠史詩가 주를 이룬다.

그의 시는 재기발랄하고 호방하며 만당의 쇠운을 만회하려는 마음을 시로 담아내어 만당시기에 성취가 높은 시인 중 한명이다. 당시 사람들이 두보杜甫를 '대두大杜', 두목은 '소두小杜'라고 불렀으니 그의 시가 두보의 시풍과 비슷하다는 것을 알 수 있다. 이상은李商隱과 함께 '소이두小李杜'라고도 불렀다. 저서로《번천문집樊川文集》이 있다.

두목

청명
清明

두목杜牧

청명 시절 비 분분히 내리니
길 떠난 나그네 애 끊어지네.
주막이 어디에 있는지 물으니
소 모는 아이 멀리 행화촌을 가리키네.

清明¹時節雨紛紛, 路上行人欲斷魂².
借問酒家何處有, 牧童遙指杏花村³.

1 청명: 24절기 가운데 다섯 번째 절기로 양력 4월 5일 전후이다. 옛 풍속에 따르면 이 날 성묘·답청踏靑(교외를 산책하며 화초를 즐기는 중국의 풍속) 등 활동을 한다.
2 욕단혼: 감상에 젖어 마치 영혼과 신체가 분리될 듯한 심정을 표현한 말이다. 청명 시절 음산한 비가 끊임없이 내리자 슬픔과 설움을 이기지 못하여 정신이 산란한 행인의 마음을 말한다.
3 행화촌: 살구꽃 활짝 핀 마을을 말한다. 현재 중국 남경시南京市 진회구秦淮區 봉태산 일대이다. 두목은 회창會昌 4년(844) 9월에 지주자사池州刺史로 전직하였는데 당시에 금릉金陵 행화촌杏花村에서 술을 마신 적이 있다고 한다. 이 때 그의 나이 42세였다. 이 시의 영향으로 후대 사람들이 '행화촌'을 주점 이름으로 많이 쓰곤 했다.

고향집에선 온 가족이 모여 있을 청명절에
봄비마저 내리니 시인은 향수에 젖어든다.
주체할 수 없는 마음에 외로움 달래려
소치는 아이에게 주막을 물으니
멀리 살구꽃 너머로 어렴풋이 보이는
마을을 가리킨다.

❀ 감상

청명은 본래 24절기 중 춘분과 곡우 사이에 있으며, 음력 3월, 양력 4월 5일경에 해당한다. 또 이 무렵이 되면 봄 농사가 시작되는 시점이라 중국에서는 예로부터 특별한 의미를 부여한 날이기도 하다. 이날이면 가족들이 한 데 모여 봄 경치를 즐기거나 조상의 묘에 성묘하러 가기도 한다. 가족끼리 단란해야 할 시절에 시인은 객지를 떠돌고 있으니 상념에 젖는 것도 당연할 것이다. 이런 감정이 이 시의 배경이 된다.

첫 구에서 분분紛紛은 봄비가 내리는 모양을 표현했을 뿐 아니라, 행인의 심정을 나타낸 것으로 경물 속에 감정이 녹아있는 정경융합이다.

3구는 1·2구의 행인의 감정을 해소하려는 행동으로 전환점[轉]에 해당한다. 추위나 젖은 옷을 말리는 것도 중요하지만 청명절의 수심을 풀려고 주막이 어디에 있는지 물어본다.

주점을 찾았는지 비를 피했는지 근심을 풀었는지 등에 대해 한마디도 하지 않고 모두 독자의 상상에 맡기는데, 이것이 바로 중국시의 의경意境이라고 할 수 있다.

이 시는 전체적으로 어려운 글자나 전고를 일체 사용하지 않고, 매우 통속적인 언어로 자연스럽게 써내려간다.

〈옹정십이월행락도지삼월상도雍正十二月行樂圖之三月賞桃〉, 청清 미상

늦은 봄
晚春

한유韓愈

온갖 꽃과 풀 봄이 곧 다하는 줄 알고
각종 모양과 색깔로 향기 다투네.
버들개지와 느릅나무 열매도 재주 없지만
하늘 가득 눈으로 날릴 줄 아네.

草樹知春不久歸, 百般紅紫鬪芳菲.
楊花楡莢[1]無才思, 惟解漫天作雪飛.

---

1 유협: 초봄에 새잎이 돋아나기 전 꽃이 먼저 피는데, 꽃이 마치 동전 같다고 하여
　 유전楡錢이라 부르기도 한다.

온갖 화초와 꽃나무들이
봄이 장차 다한다는 것을
아는 것처럼 각각의 자태와 색깔로
앞 다투어 꽃을 피웠다.
이 때 자태나 색깔이라고 할 수도 없는
버들개지와 느릅나무 열매도
봄이 다하는 줄 알고
하늘 가득 눈처럼 날린다.

🌸 감상

　소식蘇軾은 〈조주한문공묘비潮州韓文公廟碑〉에서 "문장은 여덟 조대의 쇠미함을 일으켰고 도는 천하가 이단에 빠진 것을 구했다.[文起八代之衰, 而道濟天下之溺]"라고 하여, 한유를 당송고문운동의 시조로 받들고 있다. 하지만 이 시에서는 감수성 풍부한 시인의 면모를 엿볼 수 있다. 온갖 꽃이 다 핀 후 버들개지와 느릅나무 열매가 마지막으로 봄의 대미를 장식하면 그 해 봄도 다가고 만다. 봄이 완전히 무르익어 온 동산이 화려하게 장식되었을 때의 느낌을 준다.

　전체 시에서는 봄 화초와 꽃나무를 의인화하였다. 봄이 가는 줄 알고[知], 자신의 기량을 다투고[鬪], 눈이 되어 날릴 줄 안다[解]. 버들개지나 느릅나무 열매는 봄꽃에 비하면 자태가 한참 떨어진다고 할 수 있다. 하지만 이들마저 늦은 봄을 위해 자신의 재주를 더하니 만춘의 분위기를 한껏 무르익게 한다.

〈농춘화답弄春和答〉, 조선朝鮮 김홍도金弘道

145

오의항
烏衣巷

🦋 유우석劉禹錫

주작교 주변에 들꽃 피고
오의항 입구에 석양은 기우네.
옛날 왕도와 사안 처마의 제비
지금은 일반 백성의 집으로 날아드네.

朱雀橋邊野草花, 烏衣巷[1]口夕陽斜.
舊時王謝堂前燕[2], 飛入尋常百姓家.

1 오의항: 금릉성밖 주작교 근처에 있다. 지금의 남경시 동남쪽 문덕교文德橋 남쪽 기슭
으로 삼국시대 동오東吳 때 금군의 주둔지였다. 당시에 금군이 흑색군복烏衣을 입었
기 때문에 사람들이 이곳을 '오의항'이라 불렀다. 동진東晉 때 왕도王導·사안謝安 두
대가족이 이곳 오의항에 거주하였는데 사람들이 그들의 여러 자제를 오의랑烏衣郎이
라고 불렀다. 당唐나라가 들어선 이후 폐허가 되었다고 한다.
2 왕사당전연: 왕도·사안의 집에 제비가 많았다고 한다. 이들 저택이 지금 강소성 남경
시 강녕구江寧區에 있다. 왕도·사안은 동진東晉의 재상으로 대대로 고관대작을 이
었지만 당대唐代에 들어와서 모두 쇠락하였다.

옛날 화려했던 주작교엔
지금 인적 드물어 들꽃만 피어나고
동진의 고관대작들이 살던 오의항에
석양이 기울고 있다.
기세등등하던 왕도와 사안이 살던 집의 처마로
날아들던 제비는
이제 민가의 잡 처마로 날아든다.

❀감상

  오의항은 위진남북조 시기 고문사족들이 모여 살던 곳이다. 개국
공신인 왕도王導와 명장 사안謝安이 거처하던 곳이다. 주작교변의
들풀과 들꽃은 화려했던 오의항의 황폐한 모습을 보여주고 오의항
의 지는 해는 쓸쓸하면서 참담한 분위기를 배가시킨다.

  3·4구는 옛날과 지금을 대비시키고 제비를 통해 이런 대비효과를
증폭시킨다. 백거이는 이 시를 두고 "고개를 흔들며 읊조리는 사이
에 길이길이 탄식한다.[掉頭苦吟, 歎賞良久]"고 격찬했다.

〈행호관어杏湖觀漁〉, 조선朝鮮 정선鄭敾

편역

삼호고전연구회 三乎古典研究會

태동고전연구소(지곡서당) 졸업생이 주축이 되어 2010년부터 중국 고전을 현대인의 독법에 맞게 번역하고 그 의미를 공부하는 모임이다. 삼호 三乎는 《논어》〈학이〉 제1장 '불역열호不亦悅乎', '불역락호不亦樂乎', '불역군자호不亦君子乎'의 세 '호乎' 자를 딴 것이다. 뜻을 같이하는 사람이 함께 모여 즐겁게 공부한다는 의미를 담고 있다.

강민우 姜玟佑

서울 출생
한남대학교 사학과 졸업
성균관대학교 대학원 사학과 석사 수료
태동고전연구소 수료
(사) 임원경제연구소 연구원

권민균 權珉均

부산 출생
동아대학교 중어중문학과 졸업
고려대학교 대학원 사학과 석사 · 박사 졸업
태동고전연구소 수료
고려대 · 부경대 · 창원대 강사

저서
《돌의 문화사 - 돌에 새긴 동아시아 고대의 풍경》(2018)

김자림 金慈林

서울 출생

추계예술대학교 동양화과 학사·석사 졸업

성균관대학교 대학원 동양철학과 박사 수료

(사)인문예술연구소 연구원

그림작가

서진희 徐鎭熙

부산 영도 출생

서울대학교 미학과 학사·석사·박사 졸업

태동고전연구소 수료

서울대·홍익대 강사

번역서

《인문정신으로 동양예술을 탐하다》(2015)

차영익 車榮益

경남 삼천포 출생

고려대학교 중어중문학과 학사·석사·박사 졸업

태동고전연구소 수료

을지대 강사

번역서

《순자교양강의》(2013),《리링의 주역강의》(2016)

도판 참고 문헌 및 출처

《만고제회도상萬苦際會圖像》
《중국역대인물상전》

경기대학교 소성박물관
국립중앙박물관
대만고궁박물원
한국데이터진흥원

국립중앙도서관 출판예정도서목록(CIP)

당시 사계(唐詩 四季) 봄을 노래하다 / 편역: 삼호고전연구
회. -- 서울 : 수류화개, 2018
  p. ; cm

ISBN 979-11-957915-5-2 03820 : ₩15,000

당시(시)[唐詩]

821.4-KDC6
895.113-DDC23   CIP2018008834

당시 사계唐詩 四季 봄을 노래하다

2018년 4월 2일 초판 1쇄 발행

편역 삼호고전연구회

발행인 전병수
편집·디자인 배민정
발행 도서출판 수류화개
등록 제307-2015-18호(2015.3.4.)
주소 서울시 성북구 정릉동 솔샘로 25길 28
전화 070-7514-0248
팩스 02-6280-0258
메일 waterflowerpress@naver.com
홈페이지 http://blog.naver.com/waterflowerpress
값 15,000원
ISBN 979-11-957915-5-2(03820)